おかしな転生
アイスクリームはタイミング

おかしな転生

XXIV

アイスクリームはタイミング

古流 望

NOZOMU KORYU

TOブックス

ERS

モルテールン家

ペイストリー
末っ子。領主代行。寄宿士官学校の教導員を兼任中。最高のお菓子作りを夢見る。

アニエス
ペイスの母。子供たちを溺愛する子煩悩な性格。

カセロール
ペイスの父にして領主。息子のしでかす騒動に悪戦苦闘の毎日。

リコリス
フバーレク辺境伯家の四女。ペイスと結婚。ペトラとは双子。引っ込み思案な性格。

モルテールン領の人々

シイツ
モルテールン領の私兵団長にして、従士長。

ラミト
外務を担う従士。期待の若手。

デココ
元行商人。モルテールン家お抱えのナータ商会を運営している。

寄宿士官学校

シン
寄宿士官学校の訓練生。頭が切れる。毒舌。

CHARA

レーテシュ伯爵家

セルジャン
オーリヨン伯爵家の次男。レーテシュ伯と結婚した。

レーテシュ
王国屈指の大領地を治める女傑。三つ子の娘たちを出産した。

ヴォルトゥザラ王国

オアシスの交易拠点として栄え、マフムード家が周囲の各部族を制圧して勢力を広げてできた国。

ソラミ共和国

アモロウス
国随一の魔法使い。女に目がない。神王国に留学中。

ボンビーノ子爵家

ウランタ
ペイスと同い年ながらボンビーノ家の当主。ジョゼフィーネに首ったけ。

ジョゼフィーネ
モルテールン家の五女。ペイスの一番下の姉。ウランタの新妻。

ニルダ
元傭兵にして現ボンビーノ家従士。通称、海蛇のニルダ。

カドレチェク公爵家

スクヮーレ
カドレチェク公爵家嫡孫。垂れ目がちでおっとりとした青年。ペトラと結婚した。

フバーレク辺境伯家

ルーカス
地方の雄として君臨するフバーレク家の当主。リコリス・ペトラの兄。

ペトラ
フバーレク家の三女でリコリスの双子の姉。スクヮーレと結婚した。明るくて社交的な美人。

ルミニート
通称「ルミ」。寄宿士官学校の訓練生。幼馴染のマルクと結婚。

マルカルロ
通称「マルク」。ペイスとは幼馴染。寄宿士官学校の訓練生。遂にルミと夫婦に。

王家

カリソン
第十三代神王国国王。カセロールを男爵位へと陞爵させた。

ルニキス
神王国の第一王子。

CONTENTS

TREAT OF REINCARNATION

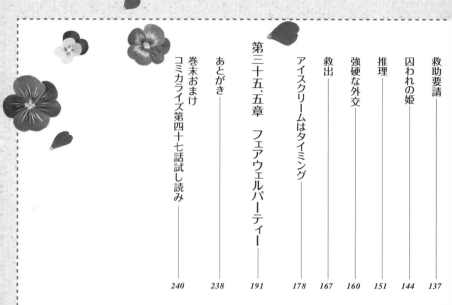

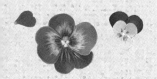

イラスト:珠梨やすゆき YASUYUKI SYURI
デザイン:ヴェイア Veia

第三十五章

アイスクリームはタイミング

状況説明

白上月《しろかみつき》の初め。

近頃は雨が降るようになって蒸し暑くなっているモルテールン領にも、秋の気配がやってきていた。夕立が盛んになり、洗濯ものが乾かないと主婦が愚痴《ぐち》をこぼす日々。

モルテールン領のザースデンにある領主館では、今日も今日とて領主代行のペイストリーが仕事を行っていた。

青銀の髪がさらりと美しく切り揃えられていて、眉目秀麗《びもくしゅうれい》な容姿と併《あわ》せて美少年と評するに不足がない。仕事をする姿勢も堂に入っており、見た目だけならどこからどう見ても美形なのだ。

しかし、騙《だま》されてはいけない。

傍《かたわ》らには従士長のシイツが居て、目を離すとお菓子作りにすっ飛んでいくサボり常習犯を見張っている。

ペイスを自由にしたならば、仕事よりも趣味であるお菓子作りを優先することが分かり切っているからだ。

毎度毎度、もう一つおまけに毎度、大人たちを振り回す悪童《あくどう》の性格は昔から変わらない。

「どうして仕事は減らないんでしょうね」

領主代行として日々政務を行う少年が、ぼそりと呟《つぶや》く。

今まで目を通していた羊皮紙を机に置き、ぐっと背伸びをして、軽く肩を回すペイス。体を鍛えているとはいっても、肩こりはハードワーカーの職業病である。ぐりぐりと肩を回すのは、集中力が切れているからだろうか。

「そりゃ、坊が仕事を増やすからでしょうぜ」

傍で自分の仕事をしていたシイツが、ペイスのほうを見ることもなく返事する。

かつて貧乏のどん底であったモルテールン領が、今のように豊かになったのはペイスが産業を振《しん》興《こう》したからなのは衆目の一致するところ。

豊かさとは、忙しさも併せてのこと。

豊かになった功績がペイスのものであるのと同時に、仕事が積みあがって忙しくなった原因もまたペイスだ。

豆作による農業改革に始まり、灌漑用水路の整備や製糖産業の発足。酒造も行い、製菓産業は毎年規模を拡大。農地開拓も続けられていて、先ごろは領内の北にある手つかずだった大森林の開拓も始めた。

モルテールン領が領地経営を黒字化させて以降、更なる事業拡大をと突っ走ってきただけに、忙しさは半端ではない。

つまりは自業自得。

「ほら、さっさとそれ片づけてくだせえ。次も用意しておくんで」

「さっさと片づけろと言われても、結構難しい問題ですよ？」

忙しさの原因は、領地の経営だけではない。

領地貴族の領主代行として、他家との交流や折衝《せっしょう》も仕事に含まれる。

貴族家当主としての仕事はカセロールが王都で、領地のトップとしての仕事はペイストリーが領地で。それぞれ分担して社交を行っていた。

「坊ならちょろいもんでしょうが。ほら、ちゃちゃっと」

今、ペイストリーの目の前にあるのは、トネマノン騎士爵家からの苦情処理だ。

彼の家がリハジック領から買いつけ、手付をうって確保していた建築用資材を、モルテールン家の息の掛かった商会が金にものを言わせて買い取ったことへの苦情である。

現在のモルテールン領は建築ラッシュが続いている。元々からモルテールン地域と呼ばれていた元荒野一帯の開拓のみならず、北の大森林こと魔の森であったり、領都から一山越えたところにある、旧リプタウアー騎士爵領だった東部地域の開発であったりも進んでいるのだ。

建築資材としては石材も大量に使うのだが、勿論木材も使う。むしろ、木材のほうが需要が高いかもしれない。

木材などというものは、木を切ってすぐに使える訳ではない。乾燥も必要であるし、木材の中にスが入っていないかの確認も必要だ。

長ければ二年ほど、切り倒してから建築資材になるまで時間がかかる。

ここ数年のモルテールンの建築バブルともいえる活況は、南部全体で建築資材の値上がりと供給不足を招いた。今はボンビーノ領に編入されている旧リハジック領の一部地域などは、元々木材加工業が主産業であったことから大儲《おおもう》けしているのだが、何事にも限界というものがある。

製材にはどうしても時間を要し、木材の供給を急に増やすこともできない以上、在庫が払底《ふってい》してしまったのだ。

既存の在庫も取り合いが発生していて、今回のトネマノン騎士爵家が確保していた木材もそういった〝寝かされていた〟木材だった。それなりに厳選された木材であった為、代替がしづらいから取り合いになった形。

何とか交渉の末に買い取ったのは良いのだが、トネマノン騎士爵家としても予定していた建築が行えなくなったということで、モルテールン家に対して苦情をぶつけていた訳だ。

彼《か》の家の苦情には、誰がどう見ても真っ当な正当性がある。

金貨で横っ面を殴りつけてブツを奪っていくような真似をされて、いい気持ちになるはずもない。ただでさえ景気の良さから妬《ねた》みや嫉《そね》みを受けるモルテールン家。そこに来て、金に物を言わせる横暴な態度をとったとなれば、いい加減にしろと一言もの申すのは理解も納得もできる。

「ちゃちゃっと、と言われても、これは下手に対応したら荒れますよ？」

「なら、上手に対応してくだせえ」

勿論、モルテールン家にはモルテールン家なりの言い分もあった。

息の掛かった商会というのは、元々王都に本店を構え、モルテールン領には最近支店を出した商会。モルテールン領では新興ということもあって、モルテールン家の覚えを良くしようと焦って無茶をしたらしいということだ。

普段であれば、ナータ商会などが穏便に木材を手配するところを、彼の商会がどうしても自分たちに任せてほしいと直訴した。なまじ、王都にはよく顔を出すペイスやシイツが、その商会の名前を知っていたことが問題をややこしくした。

名前の通った大商会が、ぜひとも任せてほしいと言ったのだから、任せてみようと判断した。ところが、その商会は南部の事情をあまり知らなかったのだ。

王都でのやり方に馴染んだ人間が、王都なりのやり方。つまりは、大貴族の権力を背景にして強引に仕入れるやり方を通した。

トネマノン騎士爵家から苦情が来たことで、今回交渉過程の拙《つたな》さが発覚。

彼の商会からの事情聴取を合わせ、トネマノン騎士爵家には何がしかの〝対処〟を必要とする。と、先ほどからペイスが頭を悩ませていた。

「はぁ、では年次の交際費からの支出を許可しますので、贈り物で先方のご機嫌を取ってください」

「幾らぐらいまで?」

「二レットとしておきます。トネマノン騎士爵家は南部の仲間ではありますが、出せるとしたらその程度です。投資と考えるにしても、それ以上は過剰投資というものです」

一応は正当な交渉の末に買い取ったものなので、本来ならば堂々としても良いものではあるのだが、やはり相手方からすれば先に予約していたのに割り込まれた不快感があろう。

以前にヤギを横取りされた経験を持つペイスとしても、ここは下手に出るべきだと判断した。

王都の常識としてなら悪いことをしていないし、合法なことしかしていないし、相手も納得していたはずなので、謝罪はできない。そんなことをすれば、難癖をつければ金を出すと思われ、今後は足元を見られる。

しかし、悪感情に対処する必要はあるだろう。モルテールン家は昨今外交方針を練り直し、南部の地域閥《ちいきばつ》を重視する姿勢を取っているのだ。ご近所には良い顔をしておきたい。

故に適当な名目で贈り物をして、感情を和らげておくべきと、ペイスは判断した。

今後も何かあったとき、トネマノン騎士爵家との間でギスギスしたものがあっては困るという、外交政策上の都合である。

「贈り物の内容は……聞くまでもねえですね」

「勿論、お菓子です。聞かれるまでもありませんね。とってきのお菓子を僕が用意するので、先方に届けるよう手配してください。そうですね、折角なら、新しいスイーツが良いでしょう。うんうん」

隙あらばお菓子作り。

朝起きてから寝るまで、おはようからお休みまでお菓子と共にあるのがペイストリーである。

「分かりやした。それじゃあこの件はそれで。じゃあ次は……っと。これで」

「新人の訓練要綱《ようこう》?」

「ええ。ちょっと問題が。今までの訓練のやり方を変えたいと、ビオから上がってきてます」

「詳しく報告を」

ペイスは、シイツから報告を聞く。

かくかくしかじかと従士長からの報告を聞いたところで、ペイスも少々難しい顔をした。

「なるほど、士官学校出身のエリートと、他の出自の人間の教育格差ですか」

「ええ。結構洒落《しゃれ》にならねえってことで。士官学校出の連中が、他の連中を下に見るような所があるってぇ報告でさぁ」

ビオは、モルテールン家の従士としてはそれなりに古株だが、寄宿士官学校のような系統だった教育を受けた訳ではない。

モルテールン家での実務が教育そのものであり、ある意味ＯＪＴのようなものなのだが、ついこの間まで学生だった者にはなかなか理解しづらいらしい。

新人教育係を含め、寄宿士官学校卒業生でないものを、軽んじる空気があるという。

「それで、学校出の連中の鼻っ柱を折りつつ、他との仲間意識を持たせるような訓練をしたいと」

「有体《ありてい》に言やぁ、そういうことで」

学生の高すぎるプライドをへし折ることに関しては、ペイスは専門家である。

教導役として学校に籍を置くペイスであるが、教官の指導に従わないような学生は彼が特別に指導していたりもするのだ。

高位貴族の跡取りであったり、生まれつき極めて高い身体能力や恵まれた体格を持つもの、或いは優れた頭脳を持つが故に自己認識の肥大化が起きている学生など。

普通の教官であれば手に余る学生に対し、ペイスが指導する。

高位貴族の跡取り？

王家と直にパイプを持ち、国王陛下とフランクに会話ができ、公爵家の跡取りとマブダチで、敵対した高位貴族を幾人も屈服させてきたペイスに、そんな地位が何になるのか。

高い身体能力に恵まれた体躯？

まだ幼い身でありながらも大の大人を倒す剣の腕を持ち、実際に数多くの武勲をたて、龍の守り人と称される大龍キラーを、倒してから言えとボコボコにされる。

頭の良さを誇るものも、ペイスには敵わない。

二歳から言葉を喋《しゃべ》り、七つにして領政改革を主導していた天才なのだ。ちょっとやそっとの知識では、及びもつかない。賢い人間ほど、ペイスとの差を理解する。

結果として、学生たちは寄宿士官学校で真摯《しんし》に学ぶこととなり、実力を高める。

モルテールンの新入りたちにも、同じようにして鼻っ柱の一つも折ってやれば良い。

問題があるとすれば、対応できる人材がペイス以外に居ないので、教育にあたる間は領政が滞ることだろうか。

「スケジュールを調整しておきましょうか」

「お願いします」

「では、これは解決として……士官学校のほうも、もう少し顔を出したほうが良いかもしれませんね。問題を根本解決しておいたほうが良いのかも」

「仕事を片づけてからにしてくだせぇ」

次から次と、領内のトラブルが持ち込まれ、或いは決済事項が積みあがる。

また二つばかり、仕事をこなしたところで、若者が一人、執務室にやってきた。

若手従士の一人、ジョアノーブ＝トロンだ。モルテールン家としては貴重な内務官である。

「手紙の配達でぇす」

「お、ジョアン。ご苦労」

「うっす」

モルテールン家は縁を持ちたがる人間も多く、かなりの頻度で手紙が届く。

それをいちいち届くたびに確認していては仕事に差しさわりがある為、急ぎの手紙や重要な手紙だけを選別して領主代行に見せることになっていた。

手紙の選別は、経験が要る。一見すると大したことのないような内容であっても、実は重要な示《し》唆《さ》が含まれていることもあるからだ。

故に、選別の仕事は従士長が行っている。

経験と知識。そして、類いまれなる直感によって行われるシイツの選別は、ペイスも信頼を置くところ。

ああでもない、こうでもないと手紙を選り分けていた従士長の手が、ピタッととまる。

「坊、王都から連絡が来やした」

スッと一通の手紙がペイスの前に置かれる。

送り主は王都の寄宿士官学校校長からだった。

「接遇役ですか」

ざっと中に目を通したペイス。

書かれている内容は掻《か》い摘《つま》んでしまうと、学校に来てしばらく要人に対応してほしいというものだった。

時候の挨拶やら世間話やらが装飾されているので長い手紙になっているが、用件自体は単純である。

「教導役ってのも大変ですね」

「これもお仕事ですね」

手紙をくるくると巻き直し、処理済みの箱に放り込む。

「どうするんで？　無視ってわけにゃいかんでしょう」

「そうですね。取り急ぎ、王都に行かねばならないでしょう」

「何ともせわしないこって」

「仕事が減らないのは、勘弁してほしい所ですよ」

ペイスは、また仕事が積みあがってしまうとため息をついた。

新婚夫婦の会話

神王国王都にある寄宿士官学校。

日々学生たちが刻苦勉励《こっくべんれい》に勤しむ学び舎であり、将来の軍幹部を育てる軍事教練施設でもある。

神王国においては唯一の高等教育機関であり、国内外から優秀な人間を集めて育成を行っている。

毎日が訓練と勉強に染まっている士官学校ではあるが、学んでいるのは年若い青少年。ちょっとした時間には仲のいいもの同士が集まって、青春のひと時を楽しむ。

自主的に訓練といいつつスポーツのようなことをして遊んでみたり、備蓄状況の確認だといいつつワインを持ち出してこっそりと飲んでみたり、友人同士で集まって将来のことを語り合ったり。

いつの時代も、どんな時でもある、若い時期ならではの打算のない交友。

一生の友ともなるであろう者たちとの、時間の共有。青春とは、いつだって眩しいほどの輝きを放つ。

モルテールン家従士マルカルロとルミニートの二人もまた、そんな青春の真っただ中。

新婚という初々しい関係ではあるが、夫婦生活と呼べるものは未だにない。何せ二人とも学生であり、全寮制の学校で管理下に置かれている。具体的には、ルミニート親衛隊のメンバーが、マルクをいつもつけ狙っている。

下手な間違いが起きないよう、特に入念に目を光らせている者も居る為、マルクとルミはたまに食堂などで駄弁《だべ》るのが精いっぱいなのだ。

学生の間に許された、ほんの僅かな自由時間。

それでも、絆《きずな》を深め合うには貴重な時間。

お互いに笑顔でとりとめのない会話を交わす。

やれ誰それが訓練中にどぶに足を突っ込んでいただの、やれどこそこには最近お化けの噂があって変な声が聞こえるらしいだの、やれ誰彼の関係性に進捗があったらしいだの。

日頃は、どうということもない情報交換。大事なのは、同じ場所で同じ時間を共有すること。内容は大して意味のあるものではない。

しかし、今日はどうやら話の向きが違うらしい。

「マルク、聞いたか」

「何をだよ」

ルミが、マルクに顔を寄せてうししと笑う。

「今度、この学校に留学生が来るってさ」

ルミは、学内でも情報通である。

既に旦那がいるとはいえ、可愛い女子には野郎どもは良い恰好をしたがるもの。聞いていないことでも、男どもはべらべらと自慢げに教えてくれる。普通に考えると機密じゃないのかと思えるようなことであっても、いや、或いは価値の高い情報だからこそ、鼻高々で教えてくれるのだ。

自分は重要な情報を得られる立場にあるのだと言いたいのだろうか。

例えば自分たちの実家の動きなどは、とっておきの情報だと勿体ぶって教えてくれる。

ペイスからは、積極的に情報を集めるようにと指示を受けていたりもするのだが、外務官としてはなかなかに優秀だ。

ルミは、日に焼けた健康的な肌にスラリとした体躯の美少女。毎日しっかりと運動していることから、引き締まった体つきをしている。

性格も割とさっぱりとしていて、男同士の友達付き合いのように気楽な会話ができる。

つまり、モテる。

既婚者と知っていながらも、惚れた腫《は》れたは理屈ではないらしく、ルミに対して特別な行動をとる野郎は多い。親衛隊と呼ばれる連中も、結婚後にも何故か勢力を拡大していたりする。

つまり、ルミが仕入れてくるという情報は質も高くて量も多い。情報源の質と量が優秀だからだ。

更に、数少ない女生徒同士の連帯も強い。

下心が見え見えで、鼻の下を伸ばして声をかけてくる男たちに対抗するのに、女同士でお互いに身を守っている。セクハラなどという概念がない世界、コミュニケーションの一環であるなどと嘯《うそぶ》いて、何かと体を触ろうとしてくるエロ野郎も多いのだ。対抗しようと思えば、女同士で連帯を強めておく必要がある。

その中でも、既に旦那がいるルミは何かと頼られがち。後ろについているのがモルテールン家ということもあって、ルミが女生徒を守ったことは一度や二度ではない。

北に実家の権力をちらつかせて迫ってくる男が居れば、行ってモルテールン家が相手になってやると啖呵《たんか》を切る。

南に金銭的援助を匂わせて近づいてくる男が居れば、行ってそんな端金《はしたがね》ならモルテールン家が出せると言い切る。

学内にペイスが籍を置いていて、直接報告できるうえに後援があるからこそ、モルテールン家の威光を使えるのだ。ペイスの狙いは優秀な学生の囲い込みなのだろうが、ルミや女生徒からすれば使い勝手のいい錦《にしき》の御旗《みはた》を渡されたようなもの。モルテールン家の庇護にある人間は遅かれ早かれモルテールン家に雇われる可能性が高くなるのだが、目の前の危機を対価もなしに助けてくれる存在というのはありがたいものだ。

弱い立場に置かれている女生徒が、ルミを、ひいてはモルテールン家を頼りにするのも道理である。必然、女生徒同士が集まる機会にはルミも居ることが多く、女生徒が集まれば噂話の交換会が始まる。お喋り好きの女子が一定数居るのは、古今東西変わらない真理。

女性ならではの情報交換ネットワークの、中心に居るのがルミなのだ。

特殊な立ち位置故の、多様な情報源を持つルミ。

その彼女がいち早く得た情報によれば、近々新学期に合わせて留学してくる人間が居るというのだ。

「へえ、何処から来るんだ？」

マルクは、妻の話に興味を持つ。

留学生というのは、士官学校でも珍しい。

そもそも高級軍人を育てる学校なので、教える内容は軍事機密に抵触しそうなことも多いし、それでなくとも国家の軍事レベルを簡単に推察されてしまう場所が士官学校だ。外国の人間はできるだけ入れたくないはずである。

過去に全くなかったわけではないらしいのだが、それでも数年に一人居るかどうかといったレベル。

マルクとしても、どういう人間が来るのかは気になる。

「ヴォルトゥザラ王国って話だぜ」

「マジか。行ったことある場所じゃねえか」

「だよな」

ルミとマルクは、ヴォルトゥザラ王国とは縁がある。

実際に自分たちが足を運んだこともあるし、そもそもモルテールン家のお役目はヴォルトゥザラ王国に備えるというもの。モルテールン家従士の二人としては、見過ごせない情報だろう。

何なら、自国の遠方の領地より、ヴォルトゥザラ王国の王都あたりのほうが詳しいかもしれない。

二人とも生まれ育ちがモルテールンである為、神王国の王都は学校ぐらいしか知らない。

少なくとも、ヴォルトゥザラ王国の王都で美味しい肉料理を出す店は知っている。

どちらが詳しいかといえば、あちらの国だろう。

「思い出すな、ヴォルトゥザラ王国」

「いい思い出ばっかりじゃねえけど、いい経験にはなったな」

ルミとマルクが無事に（?）くっついたのには、ヴォルトゥザラ王国に行ったことも関係している。何が幸いするか分からない世の中。その中でも、ヴォルトゥザラ王国に行った経験は大きい。

外交使節団にくっついていかなければ、今頃はまだ二人は独身で、じれったい関係性が続いていたかもしれないのだ。

世の中、万事塞翁《さいおう》が馬。

「ヴォルトゥザラ王国のどこから来るって?」

「それがどうも、ロズモからって話」

「マジか⁉」

最近濃密に過ごしたことがあるだけに、ヴォルトゥザラ王国の内情に詳しいルミとマルク。

どこから来たのかという問いかけが、地名を聞いているのではないことぐらいは分かる。

あの国は、部族主義の国だ。基本的に大規模な部族を中心に小規模な部族が連合して一つの勢力を作り、幾つかの勢力が集まってヴォルトゥザラ王国となっているのだ。

例えるなら、学級会のような組織と思えばいい。

発言力の強い陽キャが何人か居て、それらが基本的な行動指針を決める。勿論、それ以外のメンバーが発言しても無視されることはないだろうが、かといって決めごとを主導できることもない。

ヴォルトゥザラ王国の国王は、いわば学級委員長のようなもの。全員の意見を取りまとめ、最終的に結論を出すのは国王だ。しかし、国王がこうと決めたことであっても、有力者が反対すれば全体として動きは鈍くなる。

この、ヴォルゥザラ王国の有力者の一人が、ロズモ公。

神王国使節団とも浅からぬ縁のある人物であるが、一族を率いる長でもある。

この一族出身者が神王国に留学に来るというのだから、マルクの驚きも当然。

間違いなく政治的なものなのだろうが、ロズモの一族はどちらかといえば神王国に対して厳しい目を向けていたはず。

それが留学生を、しかも一族の人間を送り込んでくるという。

他の学生たちとは違い、ルミとマルクはヴォルトゥザラ王国の内情を知った上で、具体的に驚いたのだ。

「ロズモから来るってことは、どの教官につくんだ？」

「そりゃ、基本的にはホンドック教官とかじゃねえか？」

ホンドック教官というのは、神王国がヴォルトゥザラ王国に使節団を派遣した際、学生を引率するために同行していた人物。

ヴォルトゥザラ王国の留学生を担当するのなら、一番相応《ふさわ》しい人物であろう。

ルミとマルクの予想は真っ当だ。

しかし、懸念が一つ。

「ペイ……モルテールン教官が担当。って可能性、あるんじゃね？　一番適任だろう？」

「うぇぇ、マジか。そうなったら俺らも絶対巻き込まれるよな」

寄宿士官学校の名物教官であり、教導役という地位に就く我らがペイス。

彼が、もしかしたらヴォルトゥザラ王国の留学生の担当教官になるかもしれない。

二人の予想は、考えすぎだとは言えないだろう。

珍しい海外の留学生。しかも本国の有力者の一族。騒動が起きる要素としては十分。

そして、騒動が起きる時には、ペイスが〝何故か〟巻き込まれている可能性は高い。

ペイスは、生まれついてのトラブルメーカーなのだから。幼馴染の二人は、ペイスが騒動に深く愛されていることを知っている。最早ストーカー並みに溺愛《できあい》されているといっても過言ではない。

更に、ペイスが騒動に巻き込まれるなら。それも、学校という場所で巻き込まれるなら。

モルテールン家の従士である自分たちが、全くの無関係で居られるという可能性は低いはず。

面倒なことになりそうだと、ルミもマルクも遠くを見つめる。

「そういや、来る留学生は男なのか？」

ふと、マルクが思いついたように聞く。

寄宿士官学校に来るというからには男だと思っていたのだが、妙な予感がしたからだ。

「お姫様らしいぜ」

ルミの言葉に、マルクはふうんとだけ答えた。

お姫様

ヴォルトゥザラ王国首都にある王宮。

白亜の宮殿とも呼ぶべき美しい建物は、町のどこからでも見ることができる。

この国の創設と共に建てられた王宮殿は、優美なシルエットでヴォルトゥザラ王国の発展を見守ってきた。

王宮は幾つかの建物で構成されていて、主に本宮《ほんぐう》、後宮《こうきゅう》、正殿《せいでん》、離宮《りきゅう》からなる。

本宮は国王の一族の持ち物。一族の長老や、主だった配下部族の長たちが部屋を持つ。たとえヴォルトザラ王国の貴族であっても、一族のものでなければ入れない場所だ。

正殿は、政務が行われる場所。

諸外国要人や国内貴族との謁見、各部族との折衝や面会、事務室などがある。この国の政治の中枢と言ってよく、厳重な警備で守られている建物だ。

後宮は、国王とその伴侶たちの私的な空間。

各部族からあげられた側室たちがそれぞれに部屋を持ち、国王と正室が最奥に部屋を構える。広い中庭や調理場なども抱え、基本的に国王以外は男子禁制である。完全に隔離された女の園と言っていいだろう。

そして離宮。

ここは、国王の身内や、有力な部族がそれぞれに構えている建物。増えることもあれば減ることもあり、数は時代によって不定。

国王に、後継者となる子供が生まれた時には離宮が一つ与えられるといったことも珍しくない。

離宮それぞれに名前があり、百合《ゆり》宮や柘榴《ざくろ》宮といった植物を冠《かん》して呼ばれることが一般的である。

この離宮の一つ。

薔薇《ばら》宮では、慌ただしい事件が持ち上がっていた。

この離宮の住人の一人であるシェラズド＝ロズモ＝マフムード。親しいものの間でシェラ姫と呼ばれる公女が、外国へ留学することになったという事件だ。

一国の姫が、そして何よりヴォルトゥザラ王国で三指に入るほどの有力部族の公女が、外国に行く。

これで驚かないなら何で驚くのか。

薔薇宮の中は上から下まで、いや、一番上の人間を除いて、全ての人間がドタバタと慌ただしくしている。

では、一番上の人間はどうしているのかといえば、観光旅行にでも行くかのようなのんびりとした準備をしていた。

誰あろう、シェラ姫がその上の人間である。

ロズモ一族の長の孫。直系の公女にあたる彼女が鼻歌でも歌いそうな様子で、ああだこうだと傍《そば》仕《づか》えの侍女と一緒に会話していた。

「これも良いわよね」

「そうですね」

「こっちも捨てがたいわ」

「確かにお似合いです」

姫の言葉に、傍仕えが相槌《あいづち》をうつ。

かれこれ二時間ほどはこうして姫と傍仕えのやり取りは続いていた。

他の使用人が各準備の為に慌ただしいというのに、ここだけはのほほんとした気の抜けた雰囲気である。

そこに、部屋の扉がノックされる音がした。

「失礼致します。姫様、今日の会食のご予定の……まあ、姫様!!」

傍仕え筆頭。

婆《ばあ》やと呼ばれる年嵩《としかさ》の女性が、姫の部屋に入ってくるなり大声を上げた。

彼女は、部屋の主の姿を見て眦《まなじり》をあげる。

「どうしたの、婆や」

「どうしたではありませんよ。何ですか散らかして」


婆やが見渡した部屋の中は、物が散乱していた。

一番多いのは服。ドレスの類だ。

足の踏み場もないと表現するのが相応しいほど、床を色とりどりの布が覆いつくしている。

元より原色を多用するのがヴォルトゥザラ王国流の衣装。散らばった服が作り出したモザイク画が、実に目に痛い。

絵具をぶちまけたような、というのだろうか。染められた布地が作るちぐはぐなカーペットを、踏まないようにする婆や。

どのドレスにしても、最高級品である。踏みつけて皺《しわ》でも作ってしまうと大ごとだ。服と服の間を、何とか開けて姫に歩み寄る婆や。

これほどに散らかしているのは一国の姫としてどうなのかと、説教するのも傍仕えを束ねる者の務めだ。教育係を兼ねる傍仕え筆頭の役目として、姫に対して問いただささねばならないだろう。

「一体、何事ですか」

持っている服を全てぶちまけるような真似を、何故やっているのか。

姫のわがままは別に今に始まったことではないが、奇行を行うのであれば理由を尋ねるのが筋というもの。

だいたいの理由は想像できているが、確定させるには姫の口から直接聞かねばなるまい。

「服を選んでいたのよ」

婆やに聞かれて、軽く答えるシェラ姫。しかも、どや顔である。

姫の容姿は、まだ幼さが残るものの美人といっていい。彫りの深い、はっきりとした顔立ちで、目鼻立ちはスッとしている。髪型は、今はストレートヘア。肩よりも下に伸びた髪は、ロングというには短いが、ショートと呼ぶほどには短くもない。

髪色は艶やかな黒一色。

堂々としていれば、それはそれは見目麗《うるわ》しい。

口を開きさえしなければ、何処に出しても恥ずかしくない姫君である。

「服を選ぶ?」

「そう。神王国に行くとき、全部は持って行けないじゃない?」

３ＬＤＫの間取りぐらいならば余裕で作れそうなほど広いワンルーム。

それをぎっしり彩るほどに散らばったドレスの数は、百ではきかないだろう。

下手をすれば四桁の大台にのせているかもしれない。少なく見たところで、三百を下回ることはなさそうである。更に、どれ一つとして同じデザインの被りがないのだから、全部特注のオーダーメイド品である。既製品を買うのではなく、職人をわざわざ呼びつけた上で特注しているのだ。

伊達に大貴族の公女ではなく、全てが彼女の私物。一着でも庶民の年収に近い高級品を、何百と持っているのだから金持ち度合いが半端ない。ひと財産と言えるほどの量をぶちまけているのは、なかなかにド派手であろう。

姫の心情を素直に吐露するのであれば、ここにある全てを持って行きたい。何があるか分からない外国で、いざという時に相応しい装いをするためにも、選択肢はあればあっただけ良い。

だがしかし、無理なこともある。物理的な限界の話だ。仮に全部持って行こうとするなら、神王国からヴォルトゥザラ王国までは衣装を積んだ馬車だけで行列ができることだろう。

何せ、姫の持つドレスはここにあるだけではないし、アクセサリーや靴なども合わせる必要があるからだ。

それにしても、よくもまあ散らかしたものである。

婆やは、姫の目の前で大きく咳払いをする。

「ごほん。散らかしたのは、ご留学される件で、ですか？」

「そう。どんな場面でも対応できるように、いろいろと考えて服を持って行かないといけないって、選別していたのよ」

シェラ姫は、近々隣国へ短期留学することが決まっている。

祖父であるロズモ公から言われたことであるが、国として行う正式な使節でもあった。

普段は離宮で無聊《ぶりょう》を囲っている姫としては、自分が一族の役に立つということで張り切っている。

失敗したくないからと、服装選びにも手を抜かない。神王国の国王謁見用の衣装が何着か要るだろうし、王族の方々と会うならまた別の服が必要になるかもしれない。向こうの有力者と会う時には少し華やかな衣装が要るだろうし、普段着として着る服も要る。

更に、留学先は士官学校だという。ならば、動きやすい服も要るだろうし、汗をかくことを想定して着替えはできるだけ多めに持って行きたい。

自分の手持ちの服の中から、用途に合わせたものを。それも、自分の好みにできるだけ合っているものを持って行きたい。

真剣に選んだうえで、ばっちりと準備をしておこうと考えたのだ。

「それで、こんなに散らかして」

「さ、最初はちゃんとしてたのよ？　ホントよ？　ちょっと前のをもう一回とか、どっちがいいか比べてみようかしらとか。やってるうちにこうなっちゃったのよ」

「はぁ」

姫とて、きちんと傍仕えを抱えている身。

本来であれば、服も散らかし放題に広がったりはしない。片づける人間が居るからだ。

しかし、今回ばかりは姫のせいでこうして散らかっている。

まずもって、普段なら何人もついてくれている傍仕えが、一人だけ。一番慣れ親しんだ傍仕えだけである。他の人間は、外国に公女が出向く準備に駆り出されていた。外国に行くのだから、ヴォルトゥザラ王国の高貴な立場として使用人も大勢連れて行かねばならないし、彼女たちは彼女たちで服の準備やら何やらとやることがある。

いつもならば居るはずの、人手が居ない。

そんななかで、ああでもない、こうでもない、こっちがいいかしら、やっぱりさっきのをもう一回出してみて。こっちとそっちならどっちがいいかしら。

などと繰り返すうちに、見事に部屋中が服で埋め尽くされたという訳だ。

いつもなら片づけてくれるはずの人間が居ないのだから、いつもと同じようにやっていれば散らかるのが道理。

事情を聴いたうえでの、婆やの大きなため息。

「散らかした理由は分かりました。今後は誰か片づけを専任にしてください」

「服の片づけだけで、人の一生を縛《しば》るものではないでしょう？」

専任というのは、一つの仕事ないし一つの部署の役割をあてられ、それを専門にずっと行う立場だ。

何でもこなす、といえば聞こえのいい雑用とは違って、立場がかなり上になる。

お片づけを専任にというのは婆やの冗談だ。勿論、姫もそれを分かっていてさらりと流す。

そのまま、公女が一着のドレスを手に取る。

片づけるのか。いや、そんな訳はない。

「それで、持って行くものは決まったのですか？」

「ええ。まずはこれ」

姫は、明るい黄色の生地に、渦巻き模様が描かれた服を手に取ったのだ。

婆やに見えるよう、体にあててみせた。

姫が自分の目利きとセンスによりをかけて選び抜いた一着なのだろう。

「よくお似合いですね」

「でしょ？」

体に合わせた服は、姫の黒髪によく映えていた。

黄色い色は明るい色だが、その色合いが黒い髪を際立たせる効果になっている。

実に優れたデザインのドレスだ。

黄色以外にも赤と青が目立つ。ベースの黄色を際立たせるよう、細い線で流れるような線が描かれていた。渦を描く模様は、流線の波打った模様と併せて流れる川を思わせる。

「それにこっち」

「それもお似合いです」

「ふふん」

七色を使った幾何学模様の服を体にあてるシェラ姫。

公式行事で着る服だが、少し茶色い姫の肌の色に合わせた衣装は、とても華やかだ。

何色がベースになっているか、一見すれば分からないほどにみっしりと模様が描かれた服。

ヴォルトゥザラ人の美的センスから言えば、実に美しいと映る。

「それにそれに」

「姫様‼」

まだまだファッションショーを続けそうになったシェラ姫の行動を、婆やが制止する。

「なに？」

「姫様が衣装を選ぶことに夢中になるのは構いませんが、お食事をしてからになさいませ」

「え？　もうそんな時間？」

ぱっと姫が窓の外を見ると、既に日は天頂を過ぎていた。

朝から今まで、昼餐《ちゅうさん》も忘れて没頭していたらしい。幾ら何でも張り切りすぎである。

「そのような有様では、留学先で恥をかかれますよ。もっと自分を冷静に見なければいけません」

「分かってるわよ」

「神王国では大人しくなされませ」

婆やの言葉に、しぶしぶと服選びを中断するシェラ姫。

「神王国か、どんなところなんだろう」

若き公女の視線の先には、まだ見ぬ神王国への憧れがあった。

蠢動《しゅんどう》

ヴォルトゥザラ王国のとある場所。

幾人かが暗く狭い部屋に集まり、人目を憚《はばか》って小さな声で密談を交わす。

「それで、姫様が神王国に留学する手はずは」

「万端整っているとのことだ」

「やはり、今からでも止められないか？」

「そうだそうだ。何故我らが姫様を人質《ひとじち》のようにして送らねばならん」

ヴォルトゥザラ王国は、各部族の集合体という性質が強い封建国家だ。

各部族を束ねる王が居るのは事実だが、各部族にもそれぞれに長が居て、かなり強い立場を持っている。

必然、国家の意思統一などは難しく、こと対外政策となれば国論は常に分かれる。

特に、神王国に対する意見は両極端。より一層友好的になるべきだと考える融和派と、強硬に対応して徹底的に対抗すべきだと考える強硬派に分かれる。距離を置いたままどちらにも寄らない中立派は、既に居なくなっていると言って良い。

それもこれも、神王国が近年国力を増していて、ヴォルトゥザラ王国の国力が相対的に落ちていることに起因する。

より強くなっていく国が隣にあるのだ。不利な状況で戦いたくないと思う人間も増えれば、何とかせねばと考える人間も増えるのが道理。今のうちに叩いておかねば、後々より不利な戦いを強いられるのではないかと恐怖している人間も多い。

元々はヴォルトゥザラ王国と神王国は根本的に国柄が違う。より広い土地を求める遊牧民の国であるヴォルトゥザラ王国と、より豊かな土地を求める騎士の国である神王国。共に領土拡張は国力の増加に繋《つな》がる国体であり、隣同士にあるという時点で衝突することは宿命づけられている。

過去に何度か争い、勝ちもしたが負けもした。

お互いにお互いの国が容易ならざる相手と考えている点は共通していて、力の均衡が成り立っているからこその平和が齎《もたら》されているのが現状。

神王国のほうが一方的に強くなれば、いずれは自分たちの国が奪われるのではないかと恐れるのは、過去の歴史から見ても一理も二理もある。

しかし、現状だけを見れば、神王国の国王は対外的には温和な政策を取っている。このまま国力を増したところで、大国であるヴォルトゥザラ王国に対して全面的に争おうと考える可能性は低い。

融和派と強硬派の言い分の違いは、現状の神王国を見て融和が得と考えるか、過去の神王国を見て融和が危険と考えるかの違いに過ぎないのだ。

故に、強硬派は自分たちこそ正しいと言い張るし、またそれを心の底から信じている。

我らこそ正義、我らこそ真の王国民、我らこそヴォルトゥザラ王国の未来を考える選良であると、嘯くのだ。

彼らにとってみれば、最近の話題で最も神経を逆なでされたのはヴォルトゥザラ王国の公女を留学させると決まったこと。

何を考えているのかと、激怒するのは当然だろう。

「止めるとしても、どうやって止める」

「ことはロズモ公肝煎《きもい》り。ロズモの一族が動いていることに横やりを入れれば、恨まれるぞ」

男たちの中から、苦痛にも苦難にもとれるうめき声が上がる。

ヴォルトゥザラ王国において、重鎮と呼べる幾人か。そのうちの一人であるロズモ公は、第一王子の祖父ということもあって国内でもかなりの影響力を持っている。

そのロズモ公が、孫の嘆願を受けて神王国への留学生派遣を決めたのが先だってのこと。神王国から使節団を受け入れた際に何かがあったのか。

積極的に神王国との結びつきを強めようとする動きを見せ始めた。

「ロズモ公も、何を考えているのか」

「既に御仁も高齢。往年の切れ味も鈍ったと見える」

かつては大部族を率いて縦横無尽に暴れまわり、武勇を取っては天下無双といわれたロズモ公。政務においても大部族の長として過不足なく、ヴォルトゥザラ王国が大国として国力を維持する一端は、ロズモ公が支えてきたと言って良い。

「やはり、例の噂《うわさ》は本当なのかもしれんな」

「噂?」

「ロズモ公が、神王国と裏で取引をしたと」

「何だと!?　許せん!!」

一人が激高して声を荒げる。

そして、それを周囲が落ち着けと宥《なだ》めた。

噂は噂だ。誰かがそういった。

勿論、この場の誰もが噂など当てにならないものだということは知っている。しかし、火のないところに煙が立たないというのも事実。

そもそも、神王国が使節団を寄越した際、ロズモ公は独自に使節団の一部と接触している。神王国王子ルニキスや、護衛責任者のスクヮーレ、或いは仇敵モルテールンなどとだ。

元々は窓口を一本化するという意味合いであったのだが、使節団の中に学生が含まれていて、この学生たちが技術交流を行いたいと言ったことが事態をややこしくした。

ヴォルトザラ王国の料理が不味いとして、調理技術を提供してもらったことに対する見返りとして、当たり障りのない一般的な技術を神王国の学生に教えるという交渉をまとめたのはロズモ公である。

ここに疚《やま》しさは一片も含まれていない。

正々堂々と表で行った交渉であり、神王国には極《ごく》一般的な、それこそヴォルトゥザラ王国人なら下層民が身につけるような技術を与え、代わりに高度な技術、熟練の職人でなければ身につけていない知識を得たのだ。ヴォルトゥザラ王国側としては国益に寄与した交渉であったし、むしろ国家の重鎮としては誇るべき功績であろう。

だが、相手は神王国の一団。かつて、ロズモ公が軍を率いて戦った相手の国でもある。ロズモの一党の中でも裏で暗躍する、蠍《さそり》と呼ばれる隠密集団を動かして監視に当たっていた。

技術交流に際しても、陰に日向に情報収集を行っており、怪しい動きをしていたのかと勘繰られるならば、心当たりもあるだろう状況になっていたのだ。

これが、神王国のように中央集権国家ならば話は違っただろうが、ヴォルトゥザラ王国は部族国家。ロズモ公が国家の重鎮であろうと、他部族からすれば潜在的に競争相手であり、時には敵になる相手である。

神王国の使節団と同時に、ロズモ公にも監視をつけていた部族が居たとして、何の不思議があろうか。

そして、神王国人の周りで蠢《うごめ》くロズモの隠密集団が居て、ロズモ公が神王国と〝取引〟したという確定情報が揃う。

神王国使節団との窓口一本化。突然の技術交流と、その時に動いていたロズモ公の〝蠍〟。出てきたのが人質紛いに人を送る留学。

並べてみれば、確かにロズモ公が神王国と表ざたにできない裏取引を行っていて、それを隠そうとしていた、とも見られる。

噂とはいい加減なものではあるが、あながち出鱈目《でたらめ》とも言い難い。

他部族の人間からすれば、どうしたって疑心暗鬼に駆られる。

不安が高じていたところ。そのタイミングで、ロズモ公が肝煎りで神王国に自分の孫娘を留学させるという。

さて、不信を抱えている人間からすれば、更に疑惑を深めることになりはしないだろうか。

「裏取引があるとしたら、何を持ち出したと思うか?」

「それは、交易の便宜ではないか？」

「……そんなものでロズモ公が、裏取引までするか？」

神王国とヴォルトゥザラ王国は、交易ルートが限られている。

つい最近まで戦争していた相手であるから仕方のないことではあるのだが、同時にこの交易窓口が利権化しているということでもあった。

神王国との交易は、旨味が大きい。ヴォルトゥザラ王国にはないものが唸るほどあるし、海を越えて渡ってきた品々もある。ちょっと右から左に転がすだけで、あっという間にひと財産。美味しい利権である。

ロズモ公が食指を動かしたとしてもおかしくはないのだろうが、それにしたってわざわざ自国の姫君を人質紛いに留学させてまで欲しがるほど大きな利益とも思えない。

大きく儲けられるとはいっても、運べる量に物理的な限界がある以上、上限も決まっている儲けだ。

「ならば、鉱物資源の融通では？」

「鉱物資源ならば我が国でも採れる。公の領地でも銅が取れるではないか」

「しかし、軍備拡張ならば鉄や銅はどれだけあっても足りんだろう」

「時間をかければ容易に手に入るものを、焦る理由がないと言っている」

ヴォルトゥザラ王国も大国と呼ばれるだけの国土を抱える。

乾燥地帯が多い土地柄ではあるが、領内には山もあれば森もあるわけで、鉱物資源の採取は幾つかの領地で行っているのだ。

外国から安く輸入できればそれはそれで美味しい話だが、国内に代替要素がない訳でもない。

「では……何だというのだ」

「分からん。だが、怪しいことは確かだろう!!」

自分たちの議論で加熱した熱量そのままに、いつのまにか大声で言葉をぶつけあう者たち。

隠密《おんみつ》に集まっていたことなど、頭から抜け落ちたらしい。


「落ち着け。憶測《おくそく》で同胞《どうほう》を疑ってどうする」

「しかし」

「まあ聞け。そもそもの問題は、神王国が最近調子に乗っていることだ」

「うむ、そうだな」

ロズモ公がどういう思惑で留学生を送るのかは不明だ。

しかし、なににせよ根本のところに神王国の勢力伸長があるのは間違いない。

特にここ数年は経済的にも軍事的にもぐんぐんと力を伸ばしてきており、ヴォルトゥザラ王国人としては不愉快な気持ちを抱きっぱなしである。

「何にせよ、神王国の増長は許せん」

「そうだ」

「許せるものではない」

結局、結論としては神王国が悪い、ということになる。

あの国が、大人しくしていればよいのにも拘らず、どんどんと力を増しているのが悪い。

自分たちが感じている圧力、圧迫感は、全て神王国のせいである。

「神王国に楔《くさび》を打ち込まねば」

ぼそり、と誰かが呟いた。

「何か、手があるのか？」

「……姫の身柄を、我々が押さえる」

「何!?」

提案された意見に、発言者以外の全員が驚く。

「そもそも一国の姫ともあろうお人が、軽々に他国へ留学など、許される話ではないのだ。許されないことをしようとするなら、正すべき。正すというなら、真っ当な人間が姫の身柄を保護し、然《しか》るべき姿をお教えする。何かおかしなことがあるか？」

「……言っていることは理解する」

外国に留学する姫君を、自分たちの手で守る。

我らこそ正義、我らこそ選良。

集まった者たちは、心の底からそう考えるのだ。

「陛下の決定に反することになるが、手段はあるのか？」

「任せてもらいたい。準備を手抜かりなく進めてみせる」

男たちは、危ない方向性をもって意見を集約させていく。

「先王陛下、これも王家の為。お許しください」

男たちの謀議《ぼうぎ》は、深夜まで続いた。

歓迎の中

晴れ渡る青空の元。

神王国の王都では、盛大な準備が行われていた。

大通りには騎士たちが出張って人だかりを整理していて、普段なら屋台も並ぶ通りが綺麗《きれい》に開けられている。

わざわざ大通りを整理するのは、珍しいことだ。

王都では、お祭りのように賑やかになあることが時々ある。

近年でいえば、大龍を討伐したことを祝った時などがそうだ。

王都に運び込まれたどでかい龍の頭を見ようと、あちらこちらから人が大勢集まってお祭り騒ぎになった。

或いは、戦勝式典。

戦いに勝ったことを知らせる為に、そして勝利を祝うために、王都の中も実に賑々しく人が蠢く。

ここ最近は戦争と呼べるものも少なくなっているため開催されたのはそう多くはないが、いざ祝うとなると町中が熱を帯びたように浮かされるのだ。

だが、今日は何かが違う。

何が違うかといえば、まず屋台がない。

お祝い事であるならば、事前に通達が下りてきて屋台も先を争って商売に励むところ。

今日は、常設されている屋台すら片づけ、道沿いが綺麗に開けてしまっていた。

更に、騎士団の気合が凄まじい。

普通の祝い事であれば、騎士団は交通整理役。治安維持を任務とする為、どこかやらされている感じが漂うもの。

誰だって、祭りごとには参加したいし、楽しいことは騒ぐ側に居たいだろう。

しかし、騎士はそういう浮かれる連中を制御し、落ち着かせる側。祭りごとを運営する側だ。祭りを楽しむなどできない。

規律の整った騎士団であるから不満を表に出すような人間は居ないが、それでも楽しそうな雰囲気からは縁遠く、どこか義務感で動く雰囲気があるのだ。

しかし、今日は騎士団の面々がビシッとしている。

動きにキレと張りがあるのだ。

祭りの主役が自分たちだと言われたときのように、何か張り詰めた緊張感がある。

「おい、何が起きてるんだ？」

一体何が起きているのか。

不審がる野次馬に、何故か物知り顔でドヤる野次馬。自分もついさっき聞いたばかりなのに、さも自分の手柄のように自慢げに語る。

「外国のお姫様が来たからって、顔見世の行進《パレード》をやってるんだとよ」

「なるほど。騎士様たちが気合が入ってるのは、外国のお客さんが来てるからか。そりゃあ、みっともない姿は見せられねえよな」

野次馬の喧騒と雑踏の中。

人だかりの中を掻き分けるようにして、着飾った兵士に囲まれた豪華な馬車がやってくる。

四頭立ての〝らくだ車〟が三台。

その後ろに、二頭立てのらくだ車が数台と、長い長い兵士の行列。

数にしておよそ三百人。三人ほどが横に並んだまま、ずらっと百を超える列が続くのだ。

歩く姿は、異国情緒満点。神王国人とは、歩く姿勢からして何か違うのだが、およそ鍛えられているであろう足並みは揃い、精強を匂わせる。

神王国では見慣れない湾曲《わんきょく》した剣を佩《は》き、やや狭い歩幅で並ぶ兵士。

ヴォルトゥザラ王国風の民族衣装を着こんだカラフルな集団が、規律正しく行進する様は見ごたえがある。

諸外国の事情に通じた人間であれば、赤い色合いが強いことに意味を見出す。赤い色一色ということはなく、多様な色彩であるのは間違いないのだが、誰の服にも共通しているのが赤い色ということ。

薔薇を一族のモチーフとするロズモにとって、赤色は象徴色だ。

カラフルな中でも、やはり全体的に赤味の強い服装が多い。

町の中を綺麗に足並みを揃えて行進し、やがて一行は王城までたどり着く。

「ヴォルトゥザラ王国御一行、入城!!」

儀典官の声と共に、ヴォルトゥザラ王国の一団は威風堂々と城の中に入っていく。威儀を正し、一切乱れぬ足並み。外国の、それも長らく争ってきた仮想敵国中枢部に侵入するという状況に、兵士たちも緊張の一つもあるだろうが、それでも乱れないのだから素晴らしい。

流石は大国ヴォルトゥザラ王国の兵士たちだと、神王国人の誰もが感心する。

入城したところで、一行の目に飛び込んできたのは神王国の威信そのもの。

王城の、見事な装いだ。

城は美しく磨き上げられてチリ一つなく、更には随所が飾られており、高価な美術品は惜しげもなく並べられている。

普段は城を守っている神王国の騎士たちも新品の鎧姿で綺麗に整列をし、磨き上げられた甲冑がまるで水面の如く綺羅《きら》やかに風景を切り取っていた。鎧にも装飾を多用するヴォルトゥザラ王国では、こうはいかない。質実剛健を旨とする騎士の国であるからこそ、居並ぶ騎士の鎧もシンプル。だからこそ、生まれる機能美。これが神王国の精鋭だと、何も言われずとも理解できてしまう。

明らかに歓迎の準備を整え、手ぐすね引いて待ち構えていた様子。

ヴォルトゥザラ王国の人間たちは、流石に緊張を強める。今まで幾度となく殺し合った国の、最精鋭に囲まれるのだ。それも、完全に武装している状態で。いつでも自分たちを襲える状況で。

これで神王国の人間が邪《よこしま》なことを考えて襲ってきたらどうなるか。

精鋭だからこそ、もしもの最悪に備える意味で不安も大きい局面。

「ここからは、私がご案内いたします」

囲んでいる騎士たちの中から、一人の男性が進み出る。

第一大隊の大隊長にして、神王国の重鎮カドレチェク公爵家の嫡子スクヮーレ＝ミル＝カドレチェクその人だ。

外国の要人を城内に案内するに際して、神王国としてかなり厚遇していることをアピールする形。

国王その人や王妃が案内するのが最上級、王子や王子妃、或いは姫が案内するのを次点とするのならば、次いで三番目に高い立場の人間の案内になる。上二つが、神王国より上の立場の来客を案内するために行われる外交儀礼とするなら、〝対等〟の相手に対しては最も高い格式で歓迎をしていることになる。

神王国の国力の一端をこれ見よがしに見せつける歓迎のなか、ヴォルトゥザラ王国の姫君は静々《しずしず》と進む。

神王国の騎士たちに先導され、自国の兵士に守られながらの移動である。

案内されたのは、王城の中でも最も格式の高い部屋。国王の御座す謁見《えっけん》の大広間だ。

ここが使われることも久しいのだが、扉の前に立つだけでも気圧《けお》されかねない威圧感を感じる。

「ヴォルトザラ王国王女シェラズド＝ロズモ＝マフムード殿下。ご入室!!」

儀典官が、謁見の間の前で大声を張り上げる。

部屋の中に届いたであろう声に合わせ、大きな扉がゆっくりと開く。

姫が目にしたのは、眩いばかりに輝く部屋と、数えきれないほどの人。


謁見の間。

そこでは貴族たちがずらりと並び、文武百官打ち揃って来訪者を迎えていた。

男爵《だんしゃく》以上の人間は全員が並び、遠方より来る領地貴族も並ぶ。他にも低位貴族の中でも役職を持つ者や、王家の信頼の篤い者は参列している。

神王国の総力といってよい人材たちが、たった一人を歓迎するために整列していたのだ。

国家の貴人が勢揃いし、たった一人の女性に対して両の眼を向ける。常人であれば気圧されかねない、圧倒されるような雰囲気の中。

マフムード家の公女は笑顔のまま静々と歩く。こぶし一つ分ほどの僅かな歩幅。歩いているのかどうかが怪しいほどの動きのまま、部屋の中に歩みを進める。

護衛は二人だけ。どちらも腰に曲刀を佩いていて、いつでも抜く覚悟はできている。最悪のケースを想定したなら、この二人が姫を守る最後の盾にして唯一の守り。

選びに選び抜かれた最精鋭が、姫の後ろに控える。

やがて、姫の足が止まる。

背筋を伸ばしたままスッと膝を折ったところで、姫の〝頭上〟から声がかかる。

「ようこそ来られた。神王国を統べるものとして、そなたの来訪を歓迎しよう」

謁見の間の最奥に座し、数段高い位置の玉座で威風堂々《いふうどうどう》と異国人を迎えるのは国王カリソン。

興味深そうな笑顔を向けつつ、外国人を温かく迎える言葉を発した。

「偉大なる陛下に歓迎いただけましたこと、身に余る光栄と存じ上げます。ヴォルトゥザラ王国〝公女〟シェラズド＝ロズモ＝マフムードが御身にご挨拶《あいさつ》申し上げます」

低く身をかがめ、両手を体の前で交差させた挨拶をするシェラ姫。

マフムード王家の王女であり、ロズモ一族の公女である以上、挨拶一つとっても洗練された動きを見せる。指の先の先まで意識して、何一つとして文句のつけようのない礼節での挨拶だ。

神王国の儀礼とは異質である。しかし、動き自体は確かな礼節を感じるもの。

シェラ姫は七色を使った幾何学模様の衣装に身を包み、頭にはヴェールを被りつつも花冠をつけるという、神王国人からすれば明らかに異文化と分かる恰好をしていた。

意匠全体が薔薇をモチーフにしてあるのか赤が目立ちながらも、それでいて黄色や青、緑や橙色といった色もちりばめられている為、かなり派手な衣装である。

しかし、下品さとは縁遠い。

秩序だったカラーリングなのか、一見すれば無秩序にも思える色の配置は計算された配色で、国王の位置から見れば丁度全てが調和して一色にも見えるように手の込んだ一品。

更に、姫自身の美貌《びぼう》が服の派手さに負けていない。

ヴォルトゥザラ王国人らしい褐色の肌に、きつめのアイシャドウ。

エキゾチックといえるメリハリのある顔立ちに、細身ですらりとした体躯。

動きの一つ一つにもしなやかさと気品があり、神王国の常識とは違いはするものの、高貴な身分であることがはっきりと感じられた。

「長旅はさぞ疲れたのではないかな?」

「お心遣いに感謝いたします。されど我が国と神王国は近しい隣国。疲れるといったことはございませんでした」

国王が、疲れただろうと問いかけ、姫がそうでもないと答える。

ただの雑談のようにも思えるが、そうではない。

ヴォルトゥザラ王国と神王国は隣国であり、緊張感を持っている関係。

王が気遣いを見せたところで、姫が国同士が近くなので疲れなかったと答えたということを貴族的に解釈するならば、お互いの国同士の友好関係を確認しあったということになる。

罷《まか》り間違っても遠かった、疲れたなどと言ってはいけない。自分たちの立ち位置が、友好的なものであるとの認識が共有できれば、まずは上々。

「左様か。大事な友邦からの客人。其方《そちら》の身の安全は、この国を統べる者として保証しよう。改めて、心から歓迎する。よく我が国へ来られた」

「はい、陛下」

ぺこりと頭を下げる姫。

神王国国王の言質《げんち》をもって、姫の安全は保証された。

国王の綸言《りんげん》は汗の如し。神王国の客人となった姫は、王の名のもとに守られるということだ。

「ひと月ほどの短期留学と聞いている。よく学び、そしてこの国を好きになってもらいたい」

国王の言葉に、姫は笑顔で応えた。

初めての寄宿士官学校

晴天の日。

世の中は天下泰平《てんかたいへい》こともなし。

どこからどう見ても平和で穏やかな一日の始まりは、誰にとっても好ましい。

農民にとっても、行商人にとっても、兵士にとっても、そして留学初日の姫にとっても。

「姫様、何を見ておられるのですか？」

ぼんやりと馬車の中から外を見ていた姫に、同席していた傍仕えが尋ねる。

馬車の中は案内役に姫、そして傍仕え二人の四人が居て、誰もが口を重くしているなかのこと。

傍仕えなりの気遣いなのだろう。

「空よ」

「空？」

「てっきり外国だから変わっているのかと思って見ていたのだけれど、うちの空と変わらないわね」

「それは面白い発見をされましたね」

ヴォルトゥザラ王国は遊牧の民の国だ。

定住を選ぶ人間が増えてきているとはいっても、根本のところのアイデンティティは変わらない。遊牧民にとって、空とは情報の塊《かたまり》である。

空の色、流れる雲霞《うんか》、薫《かお》る風、感じる全てが教えてくれる。雨が降るのはいつか、寒くなるのはどれぐらいからか、今がいつ頃の季節なのか、豊かな牧草はありそうか、今日は良い日になりそうか。何をするにも、まずは空を見るのが遊牧民の癖でもある。

シェラ姫も、なんとなしに空を見ていた。

綺麗に晴れている空。秋の気配と澄み渡る空気。雲は空の遥か高い場所に僅かに流れているだけ。

国に居た時に見ていた空と、何の違いもない。

いや、違いというなら、空は毎日違うのだ。同じ空の日など祖国に居た時から、ないと言って良い。ならば今見ている空も初めて見る景色なのだろうが、姫にとっては驚きも感動もない。ただの空であった。

「どうせなら、変わった空であってほしかったわ」

退屈なのか、或いは緊張しているのか。

普段考えもしないことを、何となく頭に思い浮かべる。

新しいことが始まる不安と、期待と、願望と、現実と。

普段とは違う姫の言葉に、傍仕えは軽く聞き返す。

「変わったといいますと？」

「……ドラゴンが飛んでいるとか」

「それはそれは。大層な空でございますね」

伝説に謳《うた》われる大龍《ドラゴン》。

姫が噂に聞くところによれば、神王国では大龍をたった一人で討伐した勇者が居るという。吟遊詩人が歌いあげる内容だけにどれだけ誇張されているか分かったものではないが、日頃は箱入りの姫の耳にさえ入る噂だ。

火のない所に煙は立たない。きっと、神王国に大龍を倒した者が居るのは事実に違いない。

少なくとも、姫が王城を訪ねた折、大龍の頭と思われるものがあったのは事実。とても巨大な頭骨であり、大龍の骨だと言われて納得してしまう程度には圧倒された。

ただの巨大な動物の頭蓋骨か、或いは作り物かもしれないと供の者は言っていたが、好奇心旺盛な年頃の少女としては、本物だと信じて疑わない。

大事なことは、神王国では大龍が実在していたと誰もが疑っていないということ。

姫は、大龍が空を飛んでいるところが見たかったのだ。

「もしそのようなことがありますと、私はこの身に代えても姫様をお守りいたす責務があります。大龍などと、恐ろしいものは居ないほうが嬉《うれ》しいですわ」

「そうね。恐ろしい目には遭わないほうがいいもの。でも、見てみたいじゃない」

「でしたらせめて、姫をお守りする〝姫の守り人〟が必要でしょうか」

「あら、それはいいわね」

傍仕えの〝姫の守り人〟というのは勿論、神王国が誇る若き英雄の称号をもじったものだ。

龍の守り人と称される英傑《えいけつ》が居る。

ロズモ公が姫を神王国に送り込んだ理由の一端であると、姫は聞かされていた。

「姫様、もう間もなく到着します」

「楽しみですね」


ガタゴトと、馬車が移動する。

ヴォルトゥザラ王国の姫君が乗る馬車だ。警備は厳重であり、怪しい人間は近づくことすらできない。近づく前に、排除される。

護衛の戦力に不足はない。

ただし、神王国にやって来たときとは違って、今は隠密行動だ。

馬車の飾りは極力取り払っていて、一見するだけでは誰の馬車か分からない。ロズモの身分を示す飾りもないし、ヴォルトゥザラ王国を示すものも何一つない。ただ、豪華な馬車というだけ。

先だって、盛大にパレードをやった目的の一つが、ヴォルトゥザラ王国の姫の来訪を印象づけると同時に、今日のような移動の際に姫の乗る御料車であると気づかれにくくするという目的もあったのだ。

姫の〝らくだ車〟を神王国人に強く印象づけるとともに、ヴォルトゥザラ王国の貴人の移動は、駱駝《らくだ》を使うのだとアピールする狙い。

ヴォルトゥザラ王国人は馬より駱駝のほうが優れた生き物だと妄信しているところがある為、自分たちの国の優れた生き物を宣伝しているつもりでもあった。

どこまでも豪華に、どこまでも盛大に、国家の威信をかけたパレードであったのだ。

あれほど盛大にお披露目《ひろめ》をして、日も置かずに目立たぬように移動する。

何のためかといえば、本義を果たす為。

移動先は、シェラ姫の本来の目的の為の場所。

すなわち、留学の為の士官学校への移動だ。

「神王国は騎士の国と聞いていますが」

姫が、案内役の男に尋ねる。

ヴォルトゥザラ王国の大使も務める男で、ロズモとは違う一族の人間だ。

その為、ロズモの公女であるシェラ姫に対しても一歩引いた態度を見せており、なかなかに堅苦しい雰囲気。

沈黙を厭《いと》ったのだろう。

シェラ姫は、積極的に男に話しかける。

まさか自国の王家の姫君に話しかけられて、無視するわけにもいかず、男は遠慮がちに言葉を発した。

「然様《さよう》です。この国では駱駝の代わりに馬に乗った戦士が民を率いるそうです」

ヴォルトゥザラ王国の戦士たちは、馬も乗るが駱駝も乗る。

乾燥地帯の遊牧を行う部族などは、馬などよりも持久力が高く、乾燥に強い駱駝のほうを好む。

自分たちの部族の文様を駱駝にしているところもあり、また財産の多さを駱駝で表現する慣用句もあったりする。

ヴォルトザラ王国で最も一般的な動物が、駱駝なのだ。

彼らにとって馬というのは、神王国人が駱駝を見る意見と近しい。

お互い、馴染みのないものを見る感覚である。

「変わった国ですね」

「そういうものです。国が変わればいろいろと常識も変わる」

姫の好奇心を、刺激したのだろう。

男も大使として赴任して以降、いろいろな面で国ごとに変わる常識というものに面食らった。

ところ変われば品変わるというが、国が変われば当たり前の知識すら変わる。

「例えば？」

「先ほどの駱駝の代わりの馬についても、高貴な身分の人間は馬に乗れることが当たり前なのだとか」

「馬は荷車や車を引くためのものかと思っていましたわ」

ヴォルトゥザラ王国人にとっては、馬は駱駝の〝代わり〟なのだ。

駱駝が居れば事足りるが、いない時に代用する家畜として馬がある。

ロバと馬の区別もしない。ひっくるめて馬と呼ぶ。むしろ、小さい馬がロバという扱い。神王国では馬とロバを一緒にしようものなら、騎士の誇りを穢《けが》すのかと激怒する人間も居るだろうが、ヴォルトゥザラ人にはそんな意識はない。

大きい馬か、小さい馬かぐらいの区別だ。ちなみに、どちらも食用でもある。食べるのに美味しいのは大きいほうだが、小さいほうの馬も食べられないことはない、というのがヴォルトゥザラ人の一般的な馬評である。

駱駝に関しては細かく区分があるのと比べれば、馬に馴染みがないため語彙《ごい》も少ないのだ。

ちなみに、駱駝であれば大小雌雄の他に、野生のものと飼われている駱駝を区別する言葉もある。

「そしてこの国では、駱駝には乗りません」

「え？　それじゃあどうやって砂の地を回るの？」

シェラ姫は、案内役の言葉に驚いた。

砂漠において、駱駝を使った移動はヴォルトゥザラでは一般的だ。というより、砂漠の移動には駱駝が必須といっていい。

乾燥に強く、力があって、砂漠を行き来するのに駱駝を使わないなどありえないと言っても過言ではない。

姫は、流石にそれは常識だと思っていた。

故に、神王国人が駱駝に乗らないと聞いて驚いたのだ。

それで一体、どうやって生活しているのだろうと、心底不思議だと。

「この国には砂の地がないということです」

「へぇ面白いわね」

聞けば聞くほど、興味深い話だ。砂の地がないのだから、そもそも駱駝を必要としない。神王国の常識だ。

馴染みのある家畜一つとっても違いがある。

人の風貌も違うし、なんならファッションも違う。

これから学ぶ学舎では、さぞ驚きが待っていることだろう。多くを学べるであろう予感に、少女は前途を想う。

姫がワクワクと期待を膨らませていたところで、一行は王都の一角に着く。

神王国の未来を作る為の施設。将来の国の礎を育てる為の学校である。

「これが寄宿士官学校ですか」

姫は、着いて早々建屋を見やる。

寄宿士官学校は王都に建てられていることもあり、謁見からさほど日も明けずに足を運ぶことができた。

建屋は幾つもあるのだが、基本的に軍人を育てる学校だけあって訓練用の施設が充実している。

特に、建物に囲まれた中央にあるのが、とても広大な訓練場。これこそメインの施設（?）といっていい。

昼夜を問わず訓練が行われている場所であり、寄宿士官学校生からすれば一番馴染みの深い場所。

「では姫様、こちらへ」

正面の門から、訓練場を通ることなく最も近い建物に進む。

教職員が仕事を行う、本部棟である。

寄宿士官学校の来客をもてなす為の部屋も、ここにある。

「ようこそお越しくださいました」

部屋に入れば、既に校長が待っていた。

寄宿士官学校の当代の校長は、外務閥に属する宮廷貴族の一人。

諸貴族、諸外国との折衝が専門分野とあって、外国からの賓客をもてなすという役目に関しては文句のつけようもない。

しばらく挨拶と社交辞令を交換し合う両者。

校長もその道の専門家であるし、少女にしても幼きころから教育されてきただけあってどちらもそつがない。

歓談も盛り上がったころ、校長が徐《おもむろ》に切り出した。

「早速ですが、学内を案内いたしましょうか」

「そうですね、お願いいたします」

これからしばらく通うことになる学校。

どこにどんな施設があるのか、知っておくことも大事。

「それでは、学内を案内させる学生を呼びましょう」

校長の部下が部屋を出てしばらく。

姫の元に、学生がやってきた。

「お呼びと伺い、参りました」

「姫様のご案内はお任せください」

案内役に選ばれたのは、ルミニートとマルカルロの二人。

モルテールン家の従士夫婦であった。

人気者

「おい、どこだ?」

「イテっ!!　押すなって」

「うわ、ホントに居るじゃん。可愛いぃ」

男たちが、群れている。

訓練帰りの者も居るのだろう。汗臭さをそのままにして密集しているものだから、実に酷《ひど》い。

十代も半ばから後半の、若い男たち。そして日頃から鍛えている者たちとなると、集まった時の圧力が半端ない。

気弱なものなら泣き出しそうなほどの圧力である。

不良的な、ヤンキーな兄ちゃんたちに囲まれた感じを想像してもらいたい。我欲だけで学友たちを押しのけ、それでお互いがお互いに力づくの場所取り合戦を始めている様。

どけよ、邪魔だろ。お前こそどけ。なんだテメエは、失せろ、などとののしり合い、それでいて誰もが一つの目的の為に集まる。

馬鹿のようなというならば、まさしくそのとおり。十代が騒ぐのはバカ騒ぎと相場が決まっている。

彼らが集まっている理由は一つ。

美少女の見物。

美少女が学内を見て回るというのが正しいのだが、阿呆どもは見学する美少女を逆に見物しようとしているのだ。

野次馬根性の豊かな、好奇心に満ちた青少年の中に、うら若き美少女がやってくればどうなるか。それも、一般人なら近づくこともない、高貴な身分であるとしたら。

好奇心の導くままに、どんな子かと見物に集まるというもの。何百人もの思春期男子が、押すな押すなと固まっている。

学生有志と護衛によって一定の距離以上は近づけないように防がれているが、日頃女っ気に乏《とぼ》しい、群れる餓狼《がろう》どもにはそれでも十分。

「あいつらが変なことをしないように、俺らがいるから安心してください」

同性ということで、ルミが目を白黒させている姫に、安心するようにと言う。

「ありがとうございます」

「それじゃあ早速案内します」

連れ立って学内を歩き出す一同。

「訓練場の説明は不要ですよね」

「ええ。一番目立ちますから」

ルミとマルクの二人の案内による施設見学。

誰の意志によって組まれたのか、うっすらとだがお菓子の甘い香りが漂いそうである。

最初に訓練場を案内しようとしたのだが、訓練場は学内の真ん中にあるので、わざわざ足を運ばなくても、どこからでも見えた。

そこで、一同はまず訓練場以外で一番長く過ごすであろう場所を案内する。

「あっちが寮だな。ちいせえほうが女子寮です」

「バカマルク。せめて綺麗なほうって言えよ」

マルクの説明は、ルミにとっては不満だったらしい。

男子用の寮は大きく、そして汚い。

汚れている訳ではないし、掃除もしっかりされているのだが、如何せん建物を綺麗に飾りつけようなどと考える風流な人間が居ないのが悪いのだ。

経年劣化による塗装の剥離などはどうしても起きてしまう訳で、パッと見た感じはボロく見えてしまう。

対して女子寮は、小さく、そして彩りが華やかだ。

元々女子の数自体が少なく、女子寮もそれに合わせてかなりこぢんまりとしている。そして、今回姫が滞在するということで、多少なりとも飾りつけがあった。

玄関先に花が飾ってあるなどがそれだ。

マルクは、男子寮が大きいほうで、小さいほうが女子寮と説明する。ルミは、汚いほうが男子寮で、綺麗なほうが女子寮と表現した。

どっちも間違いではないのだが、自分たちが使うほうがいい所だと言いたげなところに、張り合っている感じがある
「うるせえ。だいたい、女子だけ綺麗な建物ってのはずるいだろう」

「俺に文句言っても仕方ねえだろ。校長にでも言え」

姫に対する口調こそ日頃の訓練のお陰か幾分丁寧であるものの、お互いに気やすく遠慮のない関係性であることから、夫婦二人の会話だけみれば相変わらずの様子。

やいのやいの。モルテールンの人間ならば、口の悪い二人が言い争うのは普通だろうが、慣れない姫からすれば面食らう。

「あの……喧嘩は止めてもらえると嬉しいのですが」

ぎゃあぎゃあと言い争う二人を、姫が止める。

一瞬、シェラ姫の言葉を受けて口喧嘩が止まった二人。お互いに見つめ合ったのち、ややあって大笑いし始めた。

「あはははは」

「ははは、あの、すいません。あははは」

笑い出した二人に挟まれた姫としては、戸惑うばかり。

「実は俺ら、夫婦なんです」

「そうそう。こういうのはいつものことなんです」

ルミが、笑いすぎて湿った目じりを拭いながら、ちょっと恥ずかしげに言った。

姫は、思いもかけなかった言葉に驚く。

「え？ そうなんですか。ご夫婦で学生というのは、この国ではよくあることなんでしょうか」

早速の異文化交流なのだろうかと姫が尋ねるが、勿論そんなはずはない。

ルミとマルクは揃って否定する。

「いやいや、俺らは珍しいと思う。そもそも学校に女ってのが珍しいし、貴族の子ってのは普通婚約者を決めてることが多いからな。実際に結婚までしてるのは稀《まれ》でしょう」

寄宿士官学校は貴族子弟の為の学校である。必然、学内に居るものの多くは貴族の子だ。マルクやルミのように従士というのは、少数派になる。

大凡《おおよそ》見合いが結婚の主流の神王国においては、士官学校生も貴族として婚約者を持っていることが多い。貴族の婚約というのは、成人前に決められているのがごく普通だ。特に、高位貴族の子弟ではその傾向が高い。

将来の結婚が決まっている〝女性〟は、わざわざ士官教育など受けない。家庭に入った時に役立つ知識や技能を親や家庭教師に教わっていたり、結婚後に内助の功として支えられるように交友関係を広げたり、といったことに注力しがちだ。

つまり、士官学校に入学して、〝夫婦〟のまま過ごす人間はかなりレアということ。

「そうなんですね。何か事情がおありですか？」

他人の恋愛事情に好奇心がそそられるのは、どこの国の人間であろうと同じ。

「あ〜、まあ、事情もあるっちゃあるんですが」

「俺らの、お家の事情も絡むんで、言えないこともあります」

「お家？」

「うちらは、モルテールンの従士家なんですよ。二人ともね」

「まぁ」

モルテールンの家名は、流石にシェラ姫も知っている。

そして、この二人が自分の案内役に抜擢《ばってき》された裏事情も、だいたい察する。

モルテールン家がヴォルトゥザラ王国といい意味でも悪い意味でも深い繋がりがあることは事実。

将来的にヴォルトゥザラ王国との交渉事を必要とした際、シェラ姫とモルテールン家の従士が面識を持っているというのは大きいだろう。

更に〝既婚者の同性〟という珍しい属性がルミにはある訳で、仲良くなっておけばお互いに何かと役に立つこともあるはず。

将来を見越した布石として、モルテールン家の人間が動いた結果の案内役。

シェラ姫は、深く納得した。

しばらく雑談をしながら、学内を案内するルミとマルク。

あそこが何々、あれが何々、ここがどこそこと、日頃利用している人間として、案内はスムーズに進む。

「ああ、あとは食堂で最後ですね」

「食事の内容は期待しないほうが良いです。ゲロマズなんで」

「あらあら」

案内の最後として、食堂を遠目から説明する。

流石に、学生でごった返しているところに姫を放り込むわけにもいかないからだ。食堂は学生が全員集まれるような場所であり、校内でも訓練場に次いで広めのスペースがある場所であり、雨風を凌《しの》げる場所であり、誰もが利用する場所だ。

必然、学生たちの憩いの場にもなる。

何かというなら学生は食堂にたむろする訳で、今日のような特別な来客があれば猶更《なおさら》みなが集まって噂し合う。友達同士で駄弁るのが楽しいのは、十代の日常である。

「案内ありがとうございました」

「いえ、任務ですから」

ひと通り、学内を案内し終わったところで、シェラ姫は案内してくれた二人に礼を言う。

「それじゃあ、自分らはこれで。案内終了を報告してきます」

ピシッと敬礼する二人に、シェラ姫も見様見真似の敬礼を返す。

ルミとマルクが走り去るのを見送ったシェラ姫は、護衛たちとともに宿舎に足を向けた。

姫の留学生活は、こうして始まったのだ。

◇◇◇◇◇

寄宿士官学校に入学後、姫様は真摯に学業と訓練に励んでいた。

朝は皆と同じように起きて朝練で汗を流し、酷く不味《まず》いうえに量だけは大量にあるご飯でお腹を一杯にし、多少マシに食える裏技を聞いて試し、講義では分からないことを積極的に質問をし、午後の訓練ではまたしっかりと汗を流す。

実に模範的な学生の姿だ。

当初は外国の要人がやってくるということで警戒していた教師陣も、今ではすっかり不安を拭い去って仕事に専念していた。

一生懸命に頑張る外国のお姫様。

普段は女っ気に乏しい士官学校の男たちが、こんな健気《けなげ》でひたむきな美少女を無視する訳もない。

むしろ、崇め奉るレベルで人気になっている。

姫様が朝練でグラウンドを走っていると聞けば、夜間訓練で徹夜していた連中すら訓練場に飛び出して走り始めるし、学業で分からないことがあると聞けば、皆がこぞって教えてあげるよと押しかける。

「お姫様〜」

かけられる声に、手を振る。

勿論、護衛の人間も居るのでナンパしようなどという不届き者は今のところ出ていないが、それも時間の問題かもしれない。

ダメ元で吶喊《とっかん》する勇者がいつ出てもおかしくないほど、お姫様に対する熱狂は盛り上がっていた。

案の定、無謀な野郎がまた一人。

「シェラズド様、少し良いですか」

「はい。それで、えっと貴方は？」

姫に近づいて、男は挨拶する。

自分が侯爵家の人間であるということや、寄宿士官学校で最も優秀な学生であることなどを滔々と語り始めた。

姫もその自慢話を笑顔で聞くだけ、王族としての躾《しつけ》が行き届いている。

「おい、その辺にしておけ」

「何!?」

姫がずっと黙って聞いているところに、また別の男が割って入る。

侯爵家の人間に対抗するだけの、家柄のいい男だ。

何故か姫のほうにきらりと笑顔を向けながら、侯爵家の男に対峙している。

「お姫様が困っているだろうが。それぐらい分かれよ」

「何を言うか。姫様は俺の話を楽しく聞いていただろう」

「愛想笑いってのを知らないのか。いいから、そこを退けよ」

「何だと!!」

「あの、私の為に争わないでください」

どこかで聞いたようなセリフを、姫が口にする。

私の為に争わないで、などというセリフは、普通の人間なら口にすることはない。

だが、ナンパ野郎や正義漢ぶった似非《えせ》ナイトが争っていれば、そう言わざるを得ない。

「はい、そうします」

どぅへへへへ、と実にだらしない顔になる男。

先ほど自慢げに語っていたのは何なのか。優秀とは思えない顔つきで、鼻の下を盛大に伸ばす。

そして、護衛の人間に追い払われた。

こんなことは、最早日常茶飯事になってきている。

美少女が、自分たちと一緒に気さくに居るのだから、仕方のないことなのかもしれない。

勿論、そんなバカ騒ぎを一歩引いたところで見ている者たちもいた。

女生徒などは姫に熱狂することもないし、そもそも他人のばか騒ぎに興味を持たないクールな人間も居る。

例えば、シン＝ミル＝クルムなどもそんな中の一人。

銀髪の美少年であり、女生徒からも人気の高い優秀な学生だ。

食堂の端で同期と食事を取りつつ、喧騒に呆れていた。

「シンは行かないの？　姫様は滅茶苦茶美人らしいぞ？」

「ふん、下らん」

我関せずと一人黙々と訓練に励む者にとっては、平穏が戻ってくることを願う日々であった。

学業参加

早朝の、涼しい風が頬をなでる。

快晴を予感させる眩い朝の光は、学生たちの目を覚まさせるにはもってこいなのかもしれない。

銀の陽光をいっぱいに受け、若者たちは訓練場に集合していた。

「諸君、おはよう」

「おはようございますホンドック教官!!」

朝の挨拶が唱和《しょうわ》される。

一斉に返事をして声が揃うあたり、実に寄宿士官学校の学生らしいところだろう。基本的に学生たちは、何事も足並みを揃えることを求められるもの。ましてや軍人ともなれば、集団行動が大前提になる仕事柄、息を合わせることをごく当たり前のこととして習慣づけられる。

特に、ホンドック教官は学生たちの和合を重視する教育方針を取っていて、調和を大切にすることこそ最も重要なことだと教えるタイプだ。バランス感覚重視ということでもある。

挨拶は、人間関係の潤滑油《じゅんかつゆ》。

いつもの光景、いつもの挨拶。変わらない学生たち。

唯一、寄宿士官学校生としては珍しい人間も居た。

ヴォルトゥザラ王国の王女。ロズモ一族の公女である、シェラ姫だ。

皆に合わせて挨拶をすることで、実に学生らしく馴染んでいた。

服装も動きやすい服装になっているし、汚れてもいいようなシンプルな恰好である。ただし、色合いはかなり派手であり、たくさんの色を使うほど良しとするヴォルトゥザラ人の気質がよく表れていた。

「本日は、乗馬を行うぞ。事前に伝えていたので、準備はしてきたはずだな」

「はい、ホンドック教官」

ホンドック教官は、外務閥に属する若手の教師である。

ヴォルトゥザラ王国にも使節団に潜り込んで出向いたことがあり、自称ヴォルトゥザラ王国通のエリート。

自称が事実かどうかは別にして、ヴォルトゥザラ王国に実際に行ったことがある教官というのは珍しい。

彼と、あとは二人ほどだろうか。うち一人がペイストリーなのは誰もが知ることであるが、ホンドック教官が貴重な経験を持っていることも事実。

元々外交使節団に学校関係者を含ませ、人材育成と人脈形成に生かそうとしたのは、寄宿士官学校の校長が狙っていたことでもあり、狙いどおりに貴重な経験者となったのがホンドック教官である。

将来も期待される、有望な若手といったところだろうか。外務閥主流派としては期待のホープ。少なくとも今の校長が変わるまでは、学内でもなかなかの発言力を持つ有力な人間として在籍することになるだろう。

「乗馬は、我々騎士にとって必須の技能。乗れることは当たり前だが、今日は乗馬時における偵察行動について、実地を交えつつ講義することとなる。いつも言っていることだが、既に分かっていると高をくくることなく、初めてやることだと思って真摯に臨むように」

「はい、ホンドック教官」

「シェラズドは乗馬が初めてらしいな」

「はい」

姫の名前を呼び捨てにするのは、彼女が留学生ながらも学生の立場だから。寄宿士官学校には、場合によっては王族が通うということもある。王族という身分の学生であっても、配慮はしても特別扱いしないのが学校の方針。特別扱いをして学べるものも学べなければ、王族学生にとっての損失にしかならないし、それこそ不忠であるという考え方だ。

それ故、シェラ姫に対しても特別扱いをすることはない。

ないのだが、かといって他の学生と全く同じことを教えられるかといえば、否である。

駱駝に親しんでいる部族出身の彼女は、実は乗馬というものが今日初めてなのだ。

だからだろうか、ワクワクとしている雰囲気が誰の目にも明らか。

早く乗ってみたくてうずうずとしているのだろうが、流石に初心者をすぐに乗せる訳にはいかない。

「復習も兼ねて、馬の扱いをひと通り説明しておこうか。シェラズドも座学では学んだな？」

「はい、ホンドック教官」

「結構。では馬の所に行こうか。全員、ついてこい」

教官が、三頭ほどの馬の傍に学生たちを引率する。

学内の馬房の傍。

特定の馬だけ柵に隔離されている訳だが、そのうちの一頭はホンドック教官の愛馬でもある。

動物を扱う場所ならではの臭気を感じつつ、皆が馬からやや離れた柵のところに並ぶ。

「まず、馬というのは生き物であるということを、諸君らは肝に銘じておかねばならない」

馬の傍に立ち、愛馬を撫でながら説明をする教官。

「自分の思いどおりに動く道具ではない為、お互いの信頼関係は常日頃から築いておかねばならない。いざという時、言うことを聞いてくれないということがないようにだ。分かるな」

「はい、ホンドック教官」

馬というのは、繊細《せんさい》な生き物だ。

人よりも力強く、人よりも早く、人よりも長く走れることから、騎乗動物としては非常に優れているのだが、だからといって欠点がない訳でもない。

神王国は騎士の国であり、貴族であれば誰もが馬に乗る。神王国においては支配階級とは貴族のことであり、貴族とは騎士でなくてはならず、騎士は馬に乗れねばならないからだ。馬の扱い方は、寄宿士官学校ではどの教官も教える必須項目。貴族子弟の為の学校として、馬の扱い方や乗馬時の行動についてはかなりの比重で教えられる。

中には、馬の専門家として一家言を持つ教官も居るほどだ。

馬の扱いに関しては各家でそれぞれに口伝《くでん》されていることも多い。

「馬に近づくときは、必ず馬から見える方向から近づくように。後ろから近寄るようなことは絶対にしてはならない。何故だか分かるか？」

「はい、ホンドック教官。馬に蹴られることがあるからです」

「そうだ。馬も後ろから近づかれたときは、慣れている人に対してでも過敏に反応することがある。気性によっては、親馬でも蹴ることがあるというのは覚えておくように」

「はい、ホンドック教官」

今行われている教官の説明は、本当に初歩的なことばかり。

誰の為かといえば、シェラズド姫に対して説明しているとしか思えないわけだが、建前上えこひいきをするわけにもいかず、復習ということで説明している訳だ。

馬の扱い方や、世話の仕方。騎乗の基本テクニックなどの説明が済んだところで、いよいよ実践してみるということになった。

「実際に乗ってみるとするか。一応、全員乗ってもらうが、まず最初は誰か。志願する者はいるか？」

いち早く手を挙げた姫に対して教官は苦笑しつつ、経験者のお手本を見てからと言い含める。

「では、まずはローニー」

「はい!!」

身長百九十センチはありそうな、スラリとした長身の男が呼ばれて進み出る。

ホンドック教官門下としては優秀なほうの学生であり、長身を生かした長いリーチの剣闘技が自慢という男である。

貴族家の傍系に連なり、馬に乗るのも子供のころからやってきたことである為、自信満々だ。

話題の〝お姫様〟の目の前。いいところを見せたいという気持ちは誰でも多少はあるものらしく、ローニーもまた例に漏れない。

颯爽と馬に跨り、これまた自信ありげに馬を操る。

小さい時から慣れ親しんだ乗馬だ。勿論失敗するはずもなく、柵の中でぐるりと軽く馬が一周した。

「よし、いいぞ。次、ヴァレン、いってみろ」

「はい!!」

「お前はもう少し緊張をほぐしたほうが良いぞ。しっかり、教えたとおりにやれば大丈夫だ。安心しろ」

「はいっ!!」

次に呼ばれたのは、まだ幼さの残る少年。

今年入学したばかりの十三歳だ。

士官学校に入学できるだけの実力はあるのだが、如何せん姫の前というのが良くない。

右手と右足が同時に出るほどに緊張していて、馬に跨るのももたつく。

馬という生き物は、とても賢い生き物だ。

乗り手が緊張していれば、それを敏感に察する。

ガチガチになったまま出す指示などろくなものでもなく、馬も困惑しながらなんとか柵の中を一周して見せた。

「ヴァレンは精神修練がまだ甘いな。もう少し自分の緊張を操る術《すべ》を覚えねば」

「は、はい」

自分でも失敗したことが分かったのだろう。

少年は、かなり落ち込んでいる。

「次は……」

ざっと学生たちを見回したところで、ホンドック教官と女生徒の目が合う。

それはもう、ばっちりと。

一体、誰なのか。勿論、早く乗りたいですと全身でアピールしている、シェラ姫とだ。

「そ、それではシェラズド、いってみ」

「はい!!」

教官の語尾を食う勢いで、即座に動いた姫。

馬も若干怯え気味だが、そこはそれ。

馬は初めてでも、家畜の扱いには多少の慣れを持つ姫が、どうどうと落ち着かせて騎乗する。

そしてそのまま、さっと馬を〝走らせ〟た。

一応、座学では馬を走らせることまで教えていたのは確かだ。

しかし、初心者が簡単にできることではないとも考えていた。

それゆえに、初歩的なことを〝復習〟していた訳だが、教官の配慮を姫は思い切り蹴飛ばした形になる。

「凄い、お姫様」

誰の声だっただろうか。驚きとも賞賛ともとれる声がした。

実際、姫の乗馬姿は堂に入っている。背筋も伸びているし、馬に乗せられるのではなく、馬に乗るということができている。

動きやすい服装をしてきたことからも分かるとおり、相当に準備をしてきたのだろうと教官は推察した。

一周といわずに三周ほど馬を走らせた姫は、実にいい笑顔で馬から降りる。

馬を驚かさないように拍手こそないが、学生たちも含めて、皆が姫の乗馬に感心していた。

「うむ、見事だった」

「ありがとうございます」

褒められたのが嬉しかったのか。はたまた初めての乗馬が思いのほか楽しかったのか。頬をあげ、きらりと輝く爽やかさで微笑む美少女。

姫の笑顔には、他の男子学生たちは見惚れるしかない。推しアイドルが自分に対して笑顔を向けて手を振ってくれたような感覚。日頃女っ気に乏しい初心《うぶ》な男子学生は、心の中で拍手喝采。声なき声で姫に対して賞賛の念を送る。

学生たちの異常な雰囲気。ホンドック教官も、しばらくはまともな授業ができなかったほどだ。

やがて、今日の授業もひと通り終わる。

「今日は、これぐらいにしておこう。皆、よく頑張った。解散」

「ありがとうございました」

授業が終わり、寮に戻る道すがら。

姫は、とても軽やかな足取りだった。

「学校って、楽しいですわね」

充実した学生生活を満喫する姫。

その顔には、一点の曇《くも》りもない笑顔が浮かんでいた。

腕比べ

寄宿士官学校は、学生が担当教官を決めて師事するという形式で教育を行っている。

義務教育がある訳でもない社会では、個人の知識や技能に極めて大きなばらつきがあるからだ。

義務教育の小学校もなければ、中学校もない。尋常小学校だの高等中学校のような制度がある訳でもない。

貴族の子弟は、基本的に家ごとに教育が行われる。

代々続く旧家名家であれば、子供の教育についてもある程度のマニュアルができていることも多い訳だが、教育内容については大体が実学中心。いざ大人になって働くときに役に立つ知識だけを、真っ先に教えるもの。

神王国では、子供が大きくなれば多くは親の職業を引き継ぐ。貴族の子は貴族に、或いは従士に。商売人の子は商売人に、或いは行商人に。大工の子は大工に。

貴族の親も、自分たちのお家の稼業を子供に継がせようと教育をする。知識は財産だ。子供に財産を残してやろうというのは、親心というものだろう。

小さい時から教えていればそれだけ知識も身につくわけで、生活にゆとりのある家、子供を無理やり働かせなくても良い家は、ちゃんと教育もする。

ただし、我流で。

正しい教育のやり方という知識もまた、秘匿されがちな財産である。

我流で教育を行うとなれば、間違いなく偏った教育になってしまうもの。

得意なことと不得意なことが、大きく偏っているということもざら。優秀な子供が居たとしても、教える人間がそもそも知らないことは教えられない。

だからこそ、士官学校がある。

ここに素質を見込まれて入学した人間は、我流ではなく体系だった正当な教育を受けられるのだ。

入学した学生は先のとおりまず入学時点でだいぶ〝癖〟がついていることが多く、これを直そうとすればそれだけで何年もかかる。

それならばいっそ、癖を残したまま教育したほうが良い、というのが教官制度の趣旨。

基本的な部分はどの教官からでも同じものを学ぶのだが、専門分野が教官ごとに違う。

これは、例えば乗馬の得意な人間に乗馬を教えるとなれば、教える側の教官も乗馬に秀でていなければならないということ。

乗馬の得意な学生は、何なら言葉を話すより先に馬に乗っていたような者もいる。ここで乗馬を専門にしている教官に師事すれば、更に得意な部分を伸ばす教育をしてもらえる。

逆に、乗馬が人並みで座学の得意な教官に、そういった乗馬の得意な学生が師事したのなら、得意分野を生かせず、ことによっては短所ばかりが目立つ結果にもなりかねない。

寄宿士官学校の創設以来、師弟制度ともいうべき担当教官制は一長一短ありながらもそれなりに回ってきた。

教官選びが、学校での生活と学びの質を左右するといっていい。

ならば、留学生の担当教官はどうするか。

留学生というイレギュラーは、得意不得意というのも普通の学生とは違う。

留学生専門の教官、などというのは居ないのだ。

これは、一定期間ごとに教官を変えることで対応している。

いきなり留学生の得意分野や不得意分野など、分かる訳もないからだ。

いろいろな教官に師事し、いろいろなことを学ぶ。

浅くとも、広く学ぶというのは、留学生としては望むところ。

ヴォルトゥザラ王国の留学生であるシェラ姫は、今日は合同訓練に参加していた。

いろいろな学生が集まる場ということで、かなり楽しみな授業である。

「今日は、戦闘訓練の一環として模擬戦を行う!!」

「はい、教官」

軍人教育を行う学校において、どの教官もそれなりの頻度で行うのが個人戦闘の訓練である。

ペイスなどは「指揮官が単騎で戦う状況など下の下です」と言っているのだが、それはそれとして個人の戦闘能力が高いことは軍人として強みになるのは事実。

モルテールン子爵カセロールなどはその腕っぷしだけでのし上がった訳だし、軍人としてナヨッとしたひ弱な指揮官に、部下が信頼を置けるかという問題もある。

荒っぽい連中を指揮統率するのに、まずはしばき倒してから言うことをきかせるというのもよくある話だ。

下の下であろうと、軍人であるなら最後はやはり自分の腕っぷしが頼れるに越したことはない。

故に、戦闘訓練は学生生活で必ず行う。

訓練場の一角。

特に手入れもしていないのに、使用頻度の高さから雑草が一切生えていない地面のある場所。

ここで、今日は模擬戦闘の訓練である。

腕っぷしには少々自信のあるシェラ姫としても、今や遅しと出番を待ちわびていた。

「まずは一班。順番に二名ずつ出てこい」

「はい」

呼ばれて歩み出た数名。

その中から、阿吽《あうん》の呼吸で二名が進み出る。

どちらもそれなりにいい体格をした四年次の学生であり、最終学年の上級生。

上級生の訓練に交じることで、下級生もより質の高い訓練を受けられる。というのが、今回の合同訓練の意義。

シェラ姫が参加している理由でもある。

「はじめ!!」

教官が、開始の合図を出す。

「だりゃ!!」

「せい、はっ!!」

お手本というべきなのだろうか。見ごたえのある戦闘が行われる。

個人戦闘《タイマン》である以上は怪我もよくあることなのだが、上級生たちは怪我を恐れてもいない感じでお互いに争い合う。

普段よりも張り切っているのは、観戦者に美少女が交じっているからだろうか。

しばらく戦ったところで、教官からヤメと合図が出る。

一応勝負がつくまで戦うのが模擬戦なのだが、時間にも限りがある為、ある程度戦ったところで決着がつかなければ教官が止めるのだ。

止められたところで、息の上がっている上級生。

「二人とも動きはいつもより良かった。だが、やはり体力的にまだ未熟な面がある。それと、お前は疲れてくると足を出しがちになる癖は気にしておけよ。足技は隙《すき》も大きいからな」

「はい」

「他にも……」

模擬戦のあとは、教官から学生に幾つかの講評と指導が入る。

個人戦闘の勝敗は筋力や体格といったものだけで決まる訳ではなく、技術や経験といった要素も大きく絡むもの。

学生たちも自分の技術を磨き、経験を蓄える為にも、真剣に教官の指導を聞く。

「次!!」

「はいっ」

一班が終わって次の班。

これもまた上級生。

はじめとかけ声を受けてから始まり、今度は勝敗がはっきりついた。

片方が、もう片方を見事に投げ飛ばしたからだ。

鍛えられた上級生。体重が何十キロもあるような人間が、綺麗な弧を描いて宙を舞うのだ。

なかなかに見ている人間も驚く光景である。

「うむ、なかなかいい戦いだったな。お前は投げを打つとき、崩しが上手い。相手の重心をちょこちょこと動かしていたのは良かったと思う。だが、投げた後はちゃんと仕留めねばならん。戦いにおいて、投げた相手がそのまま気絶してくれるとは限らん。むしろ、戦《いくさ》で昂っている相手などは投げだけで決まらないことも多い。投げられて頭を打っても、即座に反撃してくる者も居たほどだ。投げを打ったなら、その後もどう続けるかを意識したほうが良いだろう」

「はい、分かりました」

「うむ、では次の班」

何人かが戦っては講評され、戦っては講評されと続く。

誰も彼もが張りきっていて、いつも以上に怪我も増えている感じだ。

そして、いよいよのタイミングがやってくる。

「よし、次……あ～……シェラズド。本当に大丈夫か？」

「はい。勿論です」

呼ばれて進み出たのは姫。

対するお相手は、銀髪の青年。ヴォルトゥザラ王国にも使節団随行の経験があるシンである。

姫はやる気十分で張り切っている様が見て取れるが、対するシンはあまりやる気を感じない。全くないわけではないのだが、周りにいる他の人間の熱意とは雲泥《うんでい》の差だ。

この模擬戦相手についても、血を血で洗うようなどぎつい争奪戦が行われている。

学生同士で対戦相手の席を巡って争ったのだが、あまりに激しい争いになったことで教官がシンを指名したという経緯。

美少女とお近づきになれる絶好のチャンス。何なら、戦ってる最中に嬉しいラッキースケベまであるかも、などと不埒《ふらち》な考え方で、学生たちは姫の訓練パートナーになりたがった。

それは、荒れもするだろう。

皆、女っ気に飢えている餓狼だ。俺が俺がと皆がガチで殴り合い、教官が止めなければ間違いなく剣を抜いていた。

流石にこれは放置できないと教官も介入。そして選ばれたのが、何故か件《くだん》の美青年。

シンは一人だけ熱狂から外れていたために、教官もまともな模擬戦にできると考えたのだろう。

「いざ、尋常に勝負」

姫は、訓練用の木剣を構える。

身体を半身に開きつつも、やや足を狭めに置き、腰を低く落としつつ重心は軽め。いつでも前後左右に動けるようにした、機動力重視の構え方である。

敵に相対する面積を極力小さくしようとする構えであり、神王国人は余り馴染みのない態勢。

主にナイフや片手剣のみを武装とし、身軽に動くヴォルトゥザラ流の武術の基本形。

対する男は、足は肩幅ほどに開きつつ正対しており、重心はしっかりと中央に置いてどっしり構える。

前後というよりは左右に動くことを重視した構えであり、更に言えば両手剣を使う為に考えられきた、神王国の騎士が使う剣術の構え。

正眼に構えたまま一切のブレなく待ち構える姿勢には隙がなく、これだけでもかなりの練度が伺える。

「はじめ!!」

教官の号令で、おりゃあと剣を振りかぶる姫。

対する色男は、殆《ほとん》ど動かない。

軽くすり足で移動する程度で、姫の攻撃を捌いていく。

やはり、軍人教育を何年も受けてきた才子と、温室で育てられた公女では実力に差がありすぎる。

しばらく姫が攻撃をやたらと繰り返し、シンが軽くあしらうという攻防が続く。

息が上がるのは、当然姫のほうが先だった。

「はぁはぁ……負けましたわ」

やがて、姫は勝負の負けを認めた。

自分がいくら攻撃しても無駄だと悟《さと》ったのだろう。

ちなみに、シンが姫を攻撃したりはしない。

そんなことをすれば、阿呆な色ボケたちから付け狙われると理解しているからだ。

いい勝負だった。

と、姫に言葉をかけたシン。勿論、社交辞令だ。

いい勝負どころか相手にもなっていなかったのだが、留学生相手にそれを言って恨まれても仕方ない。

次の模擬戦があるなら、他の人間にやらせてほしいと、シンは言う。

曰《いわ》く、姫と戦いたがっている人間は多いからと。

しかし、姫は頭《かぶり》を振った。

「明日は負けません!!」

「は？　なんでだよ」

シンは知らない。

シェラ姫は、意外に負けず嫌いなのだ。

初めての交流

シンの日課は、朝の運動から始まる。

彼の教官は自主性を重視する教え方をしており、三年目ともなるとある程度放置に近い扱いになっていた。

勿論、講義や訓練のスケジュールは教官が決めているし、質問すれば丁寧に答えてくれる。相談すれば真摯に対応してくれるし、訓練では悪い部分を指摘し、良い所を褒めてもくれる。

ただ、他の学生がもっとガチガチに一日のスケジュールやある程度のカリキュラムを組まれていることに比べればゆとりがあるということ。

特に、朝方の時間はほぼほぼ自由時間といっていい。

三年次ともなれば、来年度の卒業を見越して動かねばならない時期。人によっては、就職活動のようなもので訓練を休むことも増える。それならばいっそ、好きに時間を使いなさいというのが教官の指示である。

曰く、戦場とはありとあらゆる想定外が起きる場所であり、指揮官である高級軍人に最も求められるのは考える力。思考力であるというのが教官の信念。

どれだけ勉強をしたとしても、結局それで身につくのは知識であり、本当に必要なことは知識を応用すること。そして、必要な知識を自分で身につける学習能力を持つこと。誰かから教えられたことだけを闇雲に覚えるのではなく、自分で考え、自分で学び、自分で動いたことこそ本当の実力を育てる、という考え方で教育に当たっていた。

故に、他の教官たちが下手をすれば食事の仕方まで指導するのに対して、件の教官は明らかに間違ったことを叱る程度で教育している。

担当してもらっている学生は、本当に格差が激しい。優秀な人間は自由な裁量を与えられたことで大きく学び、育っていく。対し、怠け癖がついてずるずると実力を落とす者も居る。

人によって、合う合わないの差が激しい教官、というのが巷の評価。

それでも彼の教官の教え方はシンには合っていて、毎朝の運動も自主的にやっていることだった。

「ふう」

軽いランニングと剣の素振りを終え、軽く体の柔軟を行うシン。

体のコンディションを調整しつつも、宿題や課題について思考する時間。

今日考えていたことは、来月にあるであろう机上演習についてだ。

駒を使って模擬的に行われる一種のシミュレーションではあるが、来月の演習は対戦相手が首席候補。負けず嫌いな性質《たち》のシンは、相手を倒すための努力は怠らない。

机上演習の場合、頭まで筋肉でできていそうな連中は、カモだ。勝ち星を稼ぎ、成績評価をあげる為のいいお客さん。それに比べれば、内務系の教官に師事する連中は手強い。

来月の相手がそれで、机上演習を得意とする連中に当たる。

シンは優秀だという評価を周りから受けているとおり、机上演習も得意。

来月の演習は三年次の学生ということもあって、作戦指揮を任されるはずなのだ。

どういう作戦を使うか。開脚前屈をしながら、じっくりと考える。

「おう、クルム学生」

朝練をしていたシンに、担当教官が話しかけてきた。

珍しいことではあるが、教官に対しては軍人らしく敬礼で返事を返す青年。

立ち上がって、右手を握りこんで左胸にあてる敬礼である。

「教官、おはようございます」

ビシッとした姿勢のシンに、教官は軽く頷く。

当人はいささか放置気味に教育しているが、やはり優秀な学生には目をかけたくなるし、頑張っている学生が可愛くない訳ではないのだ。

「精が出るな」

「恐縮です」

朝練の時間は、他の学生もランニングなどを行っている。

朝も早くからハードなトレーニングをするような人間は少数派であるし、整理体操程度で体を温めている人間のほうが多い。

故に普段であれば教官とシンが雑談したところで大して目立たないのだが、何故か最近はシンも有名になってきており、ちらほらと注目する目が向けられていた。

「今日は、訓練と座学を午前と午後で入れ替えるぞ」

「分かりました」

教官のひと言。

恐らく、この連絡事項を伝えたいがために朝練に顔を出したのだろうと青年は察した。

普段であれば、頭を使う座学は頭のはっきりとしている午前に行い、眠気のやってくる午後には体を動かすというのがこの教官の通常スケジュール。

目ぼしい教官も大体似たようなスケジュールを組んでいることが多いので、それを入れ替えるというのはそこそこイレギュラーな対応だ。

何故だろうか、と疑問に思っても、聞き返したりはしない。

軍人であるならば、上から言われたことはとりあえず是と返すものだ。

聞き分けのいいシンに対して、教官のほうは少しばかりバツが悪そうにする。

「うむ……まあなんだ。大変だろうが、頑張れよ」

「は？　はぁ、ありがとうございます」

教官の意味深な言葉に、訳も分からず相槌を打つシン。

連絡事項の伝達が終わったところで二言三言軽く会話。それで教官は去り、青年は朝練の続きを行う。

といっても、柔軟も済めば自主的な朝練はそれまで。

やり残したふくらはぎの柔軟と、軽く首のストレッチをして完了である。


朝練も終わり、朝食も済んだあと。

朝の活力に満ち満ちた時間帯。

シンや、教官を同じくする他の学生たちは、訓練場にぞろぞろと集まっていた。ざっと四十人ほどだろうか。

多いといえば多いが、少ないといえば少ない。

ほどほどに集まったなといったところ。

「今日の訓練は、三対三の連携訓練だ。複数人同士で戦ってもらう。幾つかの組と合同訓練になるから、そのつもりでいるように」

教官の言葉に、シンはいつもどおりの連中と組もうと思った。

同じ教官に師事している連中や、同期の連中だ。

成績優秀なシンは、こういった複数人で組んで行う訓練では人気。学生といえども競い合いがあれば負けたくないという思いもあるもの。優秀な人間同士で集まって協力し合えば、いい結果が出やすいのは自明のこと。

皆が皆同じように考えることであるから、基本的に組を作るときは同じメンツになりやすい。

連携を重視する訓練というなら猶更だろう。不慣れな相手と組んで、連携も何もないものだ。

しかし、今はイレギュラーが居る。

それも、飛び切りの不確定要素。

シェラズド姫が、今日に限って同じ訓練を受けているのだ。

シンを見つけたシェラズド姫は、狩りごろの獲物を見つけた猟師のような目つきでシンを睨みつける。

「勝負しなさい!!」

開口一番がそれかと、あきれるシン。

整った顔が、明らかに嫌そうな顔になる。

動きやすそうな格好に、結ばれた髪。明るくも挑戦的な顔つきの中に見え隠れする、楽しげな雰囲気。

見た目だけならば美人なのに、やってることは不良が絡むのと大差がないと、シンは断ろうとした。

「他をあたもご」

「分かりました!!」

他を当たってくれと言おうとしたシンの口を、同じ組の男が塞いだ。伊達にシンと組んでいる訳ではない。優秀な学生が、その能力を発揮した電光石火の口封じ。反射の域で行われた、目にも鮮やかな封じ手である。

優秀な班員たちは、シンが断るであろうことを予測していたのだろう。

シンの口を無理やり塞いだまま、とてもいい笑顔でシェラ姫の申し出を受諾する。

「そう。今回は負けないからね。本気で勝負しなさいよ」

シンの班員たちが勝負を受けたことに満足したのだろう。

ふふん、と笑った姫は自分の班員たちのほうに戻る。

「おい」

口封じが解かれたところで、やってられないのは無理矢理対戦相手を決められた当人だ。

思わず抗議しようとしたシンだったが、むしろ抗議するのはこっちだ馬鹿野郎と、組の人間は言う。

「お前は馬鹿か。お姫様と仲良くなれるチャンスを棒に振るとか、何を考えてんだ!!」

「はぁ?」

「このボケ!!　俺たちから申し込むことは禁止されてんだ。あっちから声をかけてくるのをみんな待ってたんだ。何でその機会を与えられて、断るんだよ。断ってたら、お前を後ろから殴り倒してたぞ。止めてやったことに感謝しろよ!!」

「なんだそれ」

脱力というのは、こういう時に使うのだろうかと、シンは呆れた。

どうやら優秀な学生であっても、若い男である事実は変わらなかったらしい。

美少女とお近づきになれるチャンスとばかりに、班員はウキウキで模擬戦闘の準備を始めた。

他の人間がやると言っているのに、シンが自分だけ嫌だと駄々《だだ》をこねる訳にもいかない。単に、姫と絡んだ後は他の連中からのやっかみが酷いので、事後の対応が面倒だなあと思うぐらいだ。

「さあさあ、やりますわよ。ほら、あなたもさっさとこっちに来なさい」

シンを無理やり引きずる勢いで、訓練に巻き込むシェラ姫。

巻き込まれるほうは、実に嫌そうな顔だ。

特に、シェラ姫と同じ組になっている野郎であったり、或いは訓練を一緒にと誘ってほしがっていた別の組の人間とは対照的だ。

嫉妬に近い感情を向けられる男は、訓練だけは真面目に行う。

「はじめ!!」

連携はやはり普段から組んでいる者たちのほうが上手い。

三対三の連携訓練ということは、一対一と違った戦い方をせねばならないもの。そもそもこの訓練は、個人技能でずば抜けている人間であっても、連携次第で対処できるということを学ぶもの。

息の合った動きは、個人の多少の優劣などひっくり返す。

ましてや、個人技能も上で、連携も上ならば、勝利の天秤は偏ったままピクリとも動かない。

シンたちの組は、危なげなく連携を行い、シェラ姫たちの組をあしらった。

「もう、また負けましたわ‼　悔しい‼」

「そうか」

負けて地団太《じだんだ》を踏むシェラ姫。

シンは、そんな美少女には目を向けることもなく、反省点を考えていた。

「次の機会にリベンジです‼」

「だから、なんでそうなる」

次の機会も、またシンと戦うのだと、シェラ姫はふんすと気合を入れる。

次こそは勝ってやるという意気込み。

今でも周囲の目線が痛いのだ。次などあってたまるかと、シンは姫の意見を一蹴《いっしゅう》した。


訓練が終わったあと、同期の人間がシンの肩に手を回して耳打ちする。

「姫様に気に入られたんじゃねえの？」

そうだったら面白そうだ、という揶揄《からか》いが多分に入った耳打ちだ。

シンは、誰もが認める美形であり、成績も優秀。地頭《じあたま》の良さは誰もが一目置いており、戦闘巧者《せんとうこうしゃ》という評価がある。

優秀な人間と、美人の組み合わせ。

ぱっと見るだけならばお似合いである。

羨ましいぞこの野郎と揶揄う同期の肩組みを、シンは鬱陶《うっとう》しそうに払う。

「そんな訳ない。いい加減鬱陶しいぞ。俺はあいつには関わらん」

シンの言葉に、同期たちは手強い恋敵《こいがたき》が減ったと喜ぶのだった。

葛藤

ある日の夕方のことだった。

毎度のように決闘もどきの戦いを吹っかけていた相手を探して、学内を探索していたシェラ姫が、件の喧嘩相手を見つけた。

学内の中でも外れのほうにあり、薄暗い日陰になる場所。

あまり居心地の良さそうな場所ではないし、日当たりの悪さから学生は余り寄りつかないところ。

薄暗くなってきている夕方の日陰だ。真っ暗と言って良いほど暗いなかで、同じぐらい暗い雰囲気で佇むシンの姿を見て、姫は思わず尋ねた。

「こんなところで何してるのよ」

「放っておけ。俺の勝手だ」

シンが、ぶっきらぼうに返事をする。

元々社交的とは言い難い、よくいえばクール、悪くいえば不愛想な態度を見せる彼ではあったが、何時にもまして突き放すような態度である。

普通の人間ならば、明らかに突き放した態度を取られれば一歩引くものだが、幸いというのか何なのか。シェラ姫は、王族ゆえの鍛えられたメンタルを持っていた。

少々邪険にされたぐらいでへこんでいては、魑魅魍魎《ちみもうりょう》蠢く王族の世界では生きていけないのだ。

「何それ。折角心配してあげたのに」

何やら、事情がありそうだと察した姫は、護衛を少し離れたところにやり、シンの座っている隣に腰かけた。

護衛は勿論姫から目を離すことはないし、立ち位置的には挟むような形で立っている。単に、小声で喋れば声が聞こえない程度に離れたということ。

何を言っても無駄だと察したシンは、仕方なく姫の相手をする。

「お前はこんなところにいて良いのか？」

「たまには、一人になりたいこともあるのよ」

四六時中護衛が居る王女としての生活は、生まれたときからのことなので気にもならない。

ごく当たり前のこととして生活してきたのだから、違和感すらない。

だが、違和感がないからといってずっとそうしたいかといえばそうでもないのだ。

時には、護衛をつけない時間があってもいいと、姫は笑う。

今のように、護衛が離れている状況というのは、本国でもない異国の地では割と珍しい。ましてや、人目を忍ぶような状況では。

「ここには俺が居るぞ?」

「あんたは良いのよ。私のことを姫様扱いしないから」

「よくわからんな」

「そういうものなのよ」

シェラズド姫は、シンが迷惑そうにしているのもお構いなしで喋りつづける。

自分が、族長の系譜《けいふ》に生まれた公女であること。王家の一員としての義務と、一族の長の孫としての義務の重さ。小さいときから詰め込まれてきたお勉強の数々。自分の意思を無視して決められる物事に、神王国に来てからの自由さ。

「あんた……シンはさ、生まれた時から進む道が全部決められてるのって、どう思う?」

「どうも思わん」

「何それ、ちょっと冷たくない?」

「人は、誰しも生まれた時に決められたものがある。決めごとが多いか少ないかは人それぞれだが、少ないからいいというものでもないだろう」

「よく分からないわ」

「お前が姫として生まれたときに多くを定められたように、他の人間も生まれたときから決められていることがあると言っている」

「なるほど」

貴族社会の神王国に生まれ育ったシンにしてみれば、生まれたときから制約や制限のある生き方をすることは自然なことだ。

制限の多い少ないの違いはあれど、誰しもが制約を受けているとシンは語る。

農家に生まれれば田畑を耕し続ける人生を送るだろうし、貴族に生まれれば家を背負っての義務と献身を求められる。

王族が王族の義務を果たすのと同じように、この世界では人にそれぞれ果たさねばならない義務があるのだ。

シンなりに、姫の悩み事の愚痴を真面目に考えたのだろう。

姫も、公女として上に立つ人間は窮屈《きゅうくつ》だと感じていたが、シンに悩みをぶちまければ、少しは気持ちが楽になる気がした。

「大体さ、姫様姫様っていうけど、別にこの国じゃ他国の王族が偉い訳じゃないでしょ?」

「そうだな」

基本的に、他国で爵位を持っていようと、自国での地位がそれで変わるわけではない。

爵位の制度自体がない国や、爵位が神王国とは全然違う国も多いからだ。

例えば外国で第一位爵である、などと威張られたところで、神王国人からすればそれがどの程度偉いのかさえさっぱり分からない。

ふんだら階級の、かんだらという立場だと威張られたとして、神王国内で通じなければ何のことやら。

外国との折衝を仕事とする外務貴族でもなければ、正確な地位の高さは分かるまい。

「王女っていうのも、いっぱいいるしね。ありがたみもないわ」

「ほう、そうなのか」

姫個人の情報はともかく、他国の王室の内部情報というのなら、シンも多少は興味がある。

自分の話に興味を持ってくれたことが嬉しかったのか、姫もより一層お喋りになった。

「うちの国は、父様……国王が、それぞれの部族から女性を娶《めと》るの。だから、兄弟姉妹が結構多くてね。二十人よりは多いはずだけど、私も知らないうちに弟妹が増えていたりするから、知らない子もいるのよ」

「ふむ」

「だから、私の家族って言えるのは……兄さまと母様ぐらいかな。あ、あと御爺様と御婆様」

「父親は？」

「父様とは、本当に滅多に会えないから」

「そうか」

「私にとって、親と言えるのは母様だけかな」

ヴォルトゥザラ王国の王族の生活がどんなものか。

シンには分からない。

しかし、姫はそれでもお構いなしに自分の家のことを愚痴る。

「これ、母様から貰った、私の宝物なのよ」

そう言って、姫はシンに自分の髪につけていたリボンを見せる。

一国の姫君の持ち物としてはシンプルな、赤いリボン。

「……似合っているな」

ぼそり、とシンが呟いた。

思いがけない言葉だったからだろうか。シェラ姫は、急に顔が火照《ほて》るような感覚を覚えた。

「え？　そ、そう？」

日頃、お世辞の類ならば聞き飽きているだろう人間が、素朴なひと言に狼狽《うろた》える。

シェラ姫は自分でも何故こんなに焦っているのかもわからなかったが、褒められて嬉しかったことだけは分かる。

母との絆。外国に出向くにあたって、どうしても持って行くと決めていたものだ。父親に情を感じられないまま育った姫にとって、唯一といっていい親の愛情を感じるもの。

他の人から見れば数多くある装飾品の一部だろう。

しかし、姫にとっては、唯一の、大切な品なのだ。それを、理解してくれたのだと、何故か感じた。

「姫様やるのも大変だな」

続けて呟いたシンの言葉。

姫は、何故か慌ててその言葉に乗っかる。

「そうよ。大変なのよ。あなたはどうなの？」

「俺？」

「そうよ。なんでこの学校に来たの？」

突然、自分のことを聞かれたシンは、一瞬目を瞬かせた。

あまり学友にも自分のことを語らないシンではあるが、ここまであけっぴろげに自分のことを語った相手に、自分だけ何も語らないのも信義に悖《もと》ると、少しだけ語ることにした。

「……親に金がなかったんだ」

「え？」

シェラ姫は、驚きで思わず聞き返す。

理由がとても意外で、内容が想像できなかったからだ。

「うちの親が、派閥の寄り親に俺を売ったんだよ」

シンは、何でもないことのように呟く。

親に売られた。

かなり衝撃的な言葉であったことに聞き手は驚くが、語り手は既に過去だと何でもないことのように言う。

「自分で言うのもなんだが、優秀だからな。自分が推薦した学生が上位席次で卒業するのは、貴族にとっちゃ誉れだ」

「この国の文化？」

「そうだな」

寄宿士官学校上位席次の卒業生が、自分の推薦した学生。

これは、推薦した側にとっても自分の見る目の良さを証明することになる。

幼少の時分より頭の良かったシンは、自分の家でなく、自家の所属する派閥の偉い人の推薦で入学した。

将来の上位席次推薦者という立場を、親が外交的なカードに利用したということでもある。

シンの意思は無視された。

「本当は、軍人ではなく研究者になりたかった」

「へぇ」

成績優秀、品行方正、寡黙で努力家。

軍人として、高く評価されているシンではあったが、彼は戦いの中に身を投じることを好んではいない。

同期の中でも指折りの才能があると評価されながら、そんなものを望んではいなかったのだ。

「それで、なんでこんなところで黄昏《たそがれ》てたの？」

「……卒業後の進路でな」

「さっきの話と関係する？」

「少しは。このまま仮に上位の席次で卒業したとして。それが何になるのかと、考え込んでいた」

「上位というなら、良いことじゃないの？」

「……ああ、一般的にはな」

シンが応えるまでに間があったことに、怪訝《けげん》そうな顔をする姫。

「俺がこの学校に入るにあたって、派閥の上の人間が、俺の家にだいぶ援助をした。俺を囲い込むためだろう。金銭的にも相当な支援を受けたと聞いている」

「うん」

「王立の研究所に行こうと思えば、上位席次での卒業が必須だ。俺も、それは狙っている」

「そうね、なんとなくわかるわ」

王立の研究所で研究員になるならば、優秀であることが求められる。

寄宿士官学校卒業というだけでもそれなりに優秀であるとみなされるのだが、やはり頭脳労働の極みともいえる仕事に就くならば、学校の上位三分の一。上位席次で卒業することが必須だ。できるならば、上位一割に入っておきたい。

スカウトされるのならばともかく、自分で就職先にアピールするなら、安全圏としてはそれぐらいの結果を出さねばなるまい。

「だが、上位で卒業すると、援助した人間は自分たちの手元に置こうとするだろう。事前に援助したのはこの為だと。正直、これを跳ねのけるのは難しい」

「なるほど」

研究所に入ろうと思えば上位席次での卒業が必須。

しかし、上位席次で卒業するような学生は、どの貴族家でも部下として採用したい。

寄宿士官学校に入学するのは、入学時点で優秀ならばできる。しかし、上位席次の卒業は、そこから更に秀でたものが要る。

優秀であると認められた人間を選りすぐって集め、競わせ、揉みに揉んだ結果の卒業席次だから。

元々優秀であることに加えて、学業期間にしっかりと努力し、勉学と鍛錬に励まなければ、上位にはなれない。

おまけに、周りは皆、同じように努力しているのだ。人と同じ努力で、軽々と上位になれるものではない。余程に優れた才能があるか、人よりも更に努力するか。

上位席次の卒業とは、入学時点で優秀であり、学業期間に努力家であり、卒業時点で選ばれたものであることの客観的な証明である。

部下として手元に置いておきたいのは当たり前だろう。

徹底的に支援してくれた相手が、自分の所に来いと言ったなら。

嫌だと言って自分の希望する進路を選べるだろうか。

恩知らずの汚名を被ってでも、研究所に行くべきだろうか。

仮に望みどおりの職につけたとして、派閥の長を裏切るような真似をした人間が、その後の生活を上手く営めるだろうか。

望みどおりの職に就くには上位で卒業せねばならない。上位で卒業すれば、希望の職には就けない。

鬱屈する訳である。

「ふうん、あなたもいろいろと悩んでるのね」

「ふん」

シェラもシンも、それぞれに悩み多き年頃。

その日から、シンとシェラ姫はお互いの事情を知る、同志となった。

拉致

シェラズド姫が、元気よく剣を振る。

調子が良いのだろう。ぶんと風切り音がして、鋭い振りおろしが空気を切り裂く。

「勝負よ、シン!!」

「またか」

シンと語り合った次の日から。

深い事情を抱えたシンに対して、姫は距離を置くのかと思えばさにあらず。

むしろ、以前にもましてシンに突っかかっていくようになった。

今までは何処か敵意のようなものが垣間見えていたのだが、あれ以来向かってくるときは笑顔で襲いかかるようになったのだ。

何とも不気味であり、一見すれば姫がシンを虐げているようにも見えなくもないため、周囲の人間はいよいよシンに対して同情を始める。

襲いかかる当人はどこか楽しげで、襲われる側は心底から鬱陶しがっていながらも何故か都度《つど》真面目に相手をしていた。

奇妙だが、どこかコミカルな関係性。

「ほら、早く準備して」

「俺は訓練で疲れてるんだよ」

最近、シェラ姫と仲良くしていることが多いせいか、合同訓練などではシンはやたらときつい訓練を割り当てられる。

掛かり稽古では一番最初に掛かっていかされて一番長い時間やらされるし、戦闘訓練では何故かシンだけハンディキャップを与えられて戦うこともあった。今日も、二対一のハンデ戦をやらされている。勿論、一のほうがシンだ。

教官連中の中にも、きゃっきゃうふふと青春しているように見える人間には厳しく当たるものが居るのだろう。

軍人たるもの硬派でなくてはならず、女生徒に対して鼻の下を伸ばすようなものは気合が足りていないのだから、根性を叩きなおしてやる、などと嫉妬を正当化する人間も居る。にんげんだもの。

シンとしては、訓練がきつくなること自体は特に問題視していない。元より優秀な人間であり、より強く鍛えられるならむしろ望むところ。

何事も前向きに取り組めば成長もあるもので、ここ最近のシンはメキメキと実力を伸ばしている。

教える側としても、教え甲斐のある学生には満足だろう。

しかし、成長していくことと、疲労することとは話が別。シンとて人間である以上、ハードなトレーニングをすれば疲れもする。

これで疲れを知らないとなれば化け物だ。体力お化けなパティシエでもない限りは、訓練の後で更に戦おうなどという気は起きない。

起きないったら起きない。

「私もよ。条件は五分五分ってことだから、構わないわよね」

「……お前、俺の言ってること分かってないだろ」

自分は訓練後で疲れている。そう、はっきり言ったはずだ。

暗に断っているのに気づかないのかと、不満を伝えるシン。

シェラ姫は、ふふんと何故か自慢げだ。

「だから、お互い疲れてるんだから、公平に勝負できるってことよね」

言葉尻を捉えて曲解するのは、貴族社会ではよくあること。

シンは訓練後で疲れていると言った。自分も同じように訓練後で疲れている。

ならば、お互いに対等の条件として考慮外における。

という、斜め上の結論を出す。

何が何でも、シンと一手組み合おうというつもりなのだろう。

「違う。疲れてるんだから、勝負なんてしたくないって言ってんだ」

「私はやりたいわよ」

ほら、早くなさいとばかりに、訓練用の木剣を二人分用意するお姫様。

手際の良さは、何故か護衛の人間も手伝っているからだ。

普通は姫の暴走を止める側だろうが、実に不思議なことに姫の背中を押すかのように協力していた。

訓練用の武器を用意したのも彼らであるし、なんならシンが逃げないよう、逃げ道をさりげなく塞いでいるのも彼らだ。

なぜそうなるのだと、シンは世の理不尽を嘆く。

「知らん。他の奴とやれば良いだろ」

「他の人は、私相手には変に手加減したり、遠慮したりするのよ」

姫が、シンを相手に訓練したがるのにも、れっきとした理由がある。

そうでもなければ護衛が手助けまでしたりしない。

シェラ姫は、寄宿士官学校には留学に来ている。留学、つまりは勉強に来ているのだ。

この学校で可能な限り多くを学び、できる限りのことを身につけ、そして国に持って帰る。

身につけて帰ったものが、ヴォルトゥザラ王国としての成果物だ。一族の期待を背負って来ているという自負があるだけに、生半可な成果で帰るつもりはない。

となれば、訓練であってもできるだけ真っ当にこなしたい。それこそ、自分に与えられた使命だと姫は確信するからだ。

できる限りの智者と言葉を交わして知恵を授かり、できる限りの強者と戦って教えを受けるのが、姫として望むこと。

ところが、姫の想いはなかなか実らないというのが相場である。

一国の姫君相手に、ましてやお客さんとも言うべき留学生相手に、真剣に叩きのめそうと相手をする人間が居るだろうか。

そんなもの、居るはずがない。

ましてや、シェラ姫は周囲に分け隔てなく愛想よく振る舞う。優しく笑顔を向けられたことでコロッとファンになってしまう男も多い。

お姫様相手に良い恰好したい思春期男子は、だいたいが2パターンに分かれる。

姫より高い実力者が手加減して余裕を見せるか、姫より低い実力の人間があえて負けたと嘯くか。

本気で戦って、本気で勝ち負けがつき、本気で悔しがるような相手は、居ない。どこか手抜きの勝負しかしてもらえず、勝てば「流石ですね」と煽《おだ》てられ、負ければ「なかなか良かったです」と誤魔化される。

姫に嫌われる覚悟で、「お前のここが駄目だ」などと指摘してくれる人間が、居ようはずもない。

教官でさえ、遠慮する。

教官といえども、学校を離れればただの人。貴族位を持っている者も多いのだが、そもそも継ぐべき領地や守るべき役職を持たない弱小貴族であることが多い。

跡を継ぐような立場なら、教官になどならないからだ。

跡継ぎでもなく、爵位も高くはないが、実力と知識はある。

そういう人間が、寄宿士官学校で教官になるのだ。

正規の学生であれば職務として厳しくもできるが、ひと月も経たず国へ帰ってしまう留学生相手に、強く出られようはずもない。

もしも万が一にでも厳しい訓練で恨まれ、不興を被れば、学校から離れたところでは姫のほうが圧倒的に強い立場である。

教官たちは貴族社会での立ち回りも知る優秀な人間であり、だからこそ姫にはほどよく頑張ってもらい、適当に誉めそやし、そこそこ満足してもらって帰ってもらいたいと思っているのだ。

「遠慮か。そりゃそうだろうな」

シンとて、姫が本当に心底自分を高めたいと願っていることを知っていなければ、こんなにぞんざいな扱いはしないだろう。

頑張っていることには素直に賞賛も贈るが、不出来な部分はできるだけ指摘してやる。もちろん、改善の方策もつけて。

きっと、そこらの色ボケと十回訓練するより、シンと一回訓練したほうが有益に違いない。

違いないのだが、だからといって疲れていることには違いはないのだ。

「だから、さあ。さあ」

ぐい、ぐいと剣を押しつける姫の態度に、シンも最早諦念を覚える。

「はぁ……一本だけだぞ」

「やった‼」

シンが受けてくれたことに、小さく拳を握って喜ぶ姫。

それじゃあ一本勝負。と、言うが早いか、青年に襲いかかる美少女。

顔はどちらも美形で見目麗しいのに、やってることは乱暴極まりない暴力の具現化である。

これまでの経験上から、姫の振りは遠慮がない。当たり所を間違えたら、大怪我しかねない本気の振り。

ビュンビュンと空気を切り裂く鋭さがある。それなりに訓練をしてきた成果でもあるのだろうが、可愛げの欠片《かけら》もない。

だが、シンには当たらない。

元より避けることが上手いシンとしては、何年も訓練してきた自分が、簡単に当たってやるわけにもいかないのだ。

手加減してわざと当たるなど、それこそ姫が望んでいないというのもある。

しばらく、姫の剣の空振りが続く。

したくてしている空振りではない。とにかく振る剣が当たらない。

姫本人としては本気でシンをしばき倒すつもりで剣を振るっているのだが、シンが華麗に躱《かわ》すものだから素振りにしかなっていないのだ。

姫の息が上がり始め、剣速も鈍ってきた頃合いで、シンはシェラ姫の木剣を上から叩いて地面に落とす。握りが甘いと、峰《みね》を強く上から叩かれるとすぽっと抜けてしまうのだ。

案の定、息も上がって握力も落ちていた姫の手から、訓練用の木剣が落ちる。

からんからんと地面を転がる木剣。

慌てて拾おうとする姫だが、対戦相手はそれを見逃してくれたりしない。

剣を叩き落とした力をそのままくるりと回し、姫の目の前に切っ先を突きつけるシン。

「もう、また負けた!!」

「そうだな」

容赦というものが欠片も見えない、一方的な試合だった。

いや、最初からいきなり叩きのめさないでいるだけ、シンとしては容赦しているのかもしれない。

少しは訓練になるようにと、最初は受けに回っているところあたりは優しさなのだろうか。

「悔しい!! 悔しい!! なんで勝てないのよ」

「知らん。お前が弱いだけだろ」

クールに言葉を吐く美形。

だが、それでもここが良かった、ここが駄目だったと、幾つかの指摘事項を教えてくれる。

言葉の言い方こそ乱暴だが、言っている内容は正しいのだから怒りようもない。

「腹立つわね。どうせなら手加減してくれてもいいでしょ」

「されて勝って、嬉しいのか?」

「嬉しい訳ないでしょ。実力で勝たないと」

「そういうことだ」

ぷんすかと怒りながらも、どこか肩の力の抜けている姫。

呆れて鬱陶しがりながらも、律儀に相手をするシン。

ここ最近、ほぼ毎日見かけるようになった風景である。

しばらく訓練について言い合うが、もう一本と姫が言い出したところで流石にシンは部屋に戻ると言い張った。

訓練続きで疲れているのは事実だし、こうして姫と絡んでいると、また明日以降の訓練が厳しくなることが目に見えているからだ。

さっさと汗を落として飯を食って寝たいと、シンは言う。

「じゃあ、また明日ね」

「嫌だ。明日はやらない」

「えー」

毎日毎日、よく飽きないものだ。シンは、いつもと同じように返事をし、いつもと同じように帰路に就く。

シンが彼女を鬱陶しがることができたのも、これが最後だった。

体調不良の報告

シンと腹を割って語り合ってから。

姫は、こっそりとシンと愚痴をぶつけ合うようになった。

護衛もそこそこに、人気のない場所でシンと落ち合い、色気もへったくれもないような会話をして、寮に戻る。

時には手合わせを強請《ねだ》り、時には鬱陶しい男子への憤りを語る。

仲のいい友達同士といえばそのとおりであろうが、少なくとも姫にとってはシンが特別な存在になりつつあるのは明らかだった。

シンの内情や内心は姫には分からないが、決して邪険にされている訳ではないことだけは分かっている。

だからこそ遠慮なくぶつかっていけるのだが、ぶつかるたびにいい加減にしろと愚痴られるのもいつものこと。

「ふふんふふん」

鼻歌を歌い、ご機嫌なシェラズド姫。

最近は、人生が充実していると実感していた。とにかく、毎日楽しい。

楽しみの何割かが〝親友〟との交流なのは明らかだが、学生生活とは、かくも楽しいものかと浮かれている。

青春の輝きとは、やはり友達あってこそだ。

「嬉しそうですね姫様」

「そうみえる?」

「はい」

護衛の言葉に、軽くステップを踏みながら答える姫。

疑問形で問い返しているが、答えなどは明らかだ。

楽しいか楽しくないかを二択で考えるのではない。楽しいか、物凄く楽しいかの二択だ。

嬉しいかどうかも同じ問いだろう。

正直、祖国に居たときとは全然違うと思えるほど、毎日充実した日々を送っている。食事は別だが。

今日も今日とて。

人目を憚って移動していた姫であったが、異変が起きた。

「ぐぁっ」

「きゃっ」

どさ、と音がした。

ほとんど聞こえないような小さな声と共に、人が倒れる音。

自分の耳にした音が、護衛の倒れる音だと気づいた姫は、警戒を露《あらわ》にする。

「え？」

何があったのかと気づく前に、姫は手に持っていた訓練用の木剣を構える。

刃もないなまくらだが、素手よりはましだ。

「誰？」

護衛が倒れたことで、自分たち以外の人間が居ると気づく。

物陰からスッと出てきた一人の人物。更に、周りに数人の怪しげな男たち。

シェラ姫は、最初に姿を見せた人物に心当たりがあった。

「貴女は⁉」

コーンウェリス＝ゾル＝ロズモ。

ロズモの一族に連なる、れっきとした同胞である。自分の父よりも年上の、一族の中でも年嵩《としかさ》の重臣。

倒された護衛は、氷によって倒されていた。殆ど声も出させずに倒したのだから、不意打ちとはいえ相当な実力なのは明らか。

温暖な神王国では、氷のようなものを武器にするものはいない。南大陸でも南方にあって、氷や雪を見たことがない人間も多い国だ。

姫の心当たりは一人。

自国では、いや、自分たちの部族では知られた、氷結と呼ばれる氷の魔法を使う魔法使い。

「氷結……氷結の氷女《こおりめ》」

「我が姫様、おひさしゅうございます」

慇懃《いんぎん》に挨拶をしてくる襲撃者。

足を揃えたまま軽く屈め、両手を胸の前で交差させる敬礼。

シェラ姫も見慣れた、ヴォルトゥザラ式の女性礼。それも、同じ部族の人間に行う挨拶だ。

同じ一族の、同じ国の人間が、姫の護衛を襲う。

どうあっても、ただ事ではない。

「まさか貴女が裏切るなんて」

ロズモの中にも派閥はある。人が集まれば好き嫌いも生まれるし、意見の相違も起きるからだ。

大小は別にして、意見の相違と派閥の発生は必然的なもの。

だが、目の前の彼女は姫にとって最も近しい派閥の人間であったはず。

それが襲ってくるということは、とんでもない裏切りである。

「裏切りではありません」

姫から氷結と呼ばれた女性は、淡々と語る。裏切りとは心外であると。自分は今も昔も、ロズモに忠実な人間だと。

そも、彼女はロズモの中では有名であるが、他の部族にはあまり知られていない。諜報部隊に属しているからだ。

秘密裏に活動する専門家。

非合法なことや、表沙汰にできない事案を扱うこともある為、身元や忠誠心に関しては特に念入りに確認されていたはずの人物だ。

二十年近く第一線で活躍し、陰に日向に一族を支えてきた英邁《えいまい》な女性。

姫がまさかと思ったのも当然だろう。

「我が一族の為。我が国の為。亡き先王陛下のご恩に報いんが為。やむなき仕儀にございます」

「それで、私を襲うの？」

「襲ったのではありません。我々がお守りするのです」

「どういう意味かしら？」

襲ってきておいて、自分を守るという。意味不明だ。

何が言いたいのかと、問答をする姫と魔法使い。

「ロズモ公は、誤った。神王国如きに尻尾を振り、履物を舐《な》めるが如き対応は、昔の公であればなさらなかったでしょう」

「そうかしら」

「そうですとも。戦場を駆け、我々を力強く導いておられたロズモ公のお姿は、一族のものとして誇らしく思ったものです」

当代のロズモ公は、一族の長として傑出《けっしゅつ》した人物である。

いや、だったと過去形で魔法使いは語った。

自身も剣を取っては名人上手の凄腕であり、兵を指揮すれば万の部隊を手足の如く使いこなす。部下に対しては明るく公正であり、女性に対しては紳士的であり、政治家としては清濁併せ呑むことのできる傑物。だった。

魔法使いの女も、自身の忠誠を捧げる相手として、最高の相手であると思っていたのだ。

すべては、過去形であるが。

「そうね。御爺様の武勇伝は聞いているわよ」

「ならば、お分かりいただけるでしょう。我らロズモは砂漠の蠍。尻尾は振るためではなく、敵を刺すためにあるのです」

蠍の名を冠するものとして、その有り様は模範である。

過酷な大地でもわが物として駆け回り、守りは堅く、攻むるに狡猾《こうかつ》。

特に大事なのは、尻尾の先の毒針。

これこそ蠍が畏《おそ》れられる理由であり、ロズモが自身を蠍と評する所以《ゆえん》である。

蠍の尻尾は、犬の尻尾と違って振るものではないとコーンウェリスは断言した。

「それで？」

「神王国へ阿《おもね》り、姫の身柄を人質の如く差し出す。まるで貢《みつ》ぎ物でも贈るように。このままではいずれ、姫は全てを神王国に差し出すことになりかねません」

「……推測でしかないわね」

魔法使いの女は、自分たちの危惧《きぐ》を語る。

今回こそは一カ月程度の留学だが、これで終わりと考えるのが間違っているのだと。ひと月の留学ができたなら、そのうち一年の留学も起きうるだろう。一カ月でそれなりの成果が出たならば、通年で過ごすことでより深く学べるなどと言われて、否定はできまい。

一年ができたなら、四年もできよう。四年ができるなら、十年、二十年と、神王国で実質的軟禁になっていく。気づけば、神王国に完璧な人質として身柄を押さえられる。

そんな馬鹿なと否定するのは簡単だが、事実として留学が実現してしまっているのだ。単に、善意で留学を受け入れたと考えるより、他に狙いがあると考えるほうが余程健全ではないか。

姫が何十年と神王国で暮らすことを強制する可能性は、かなり高いというのが彼女たちの見方。

所詮は推測、推論、予想に過ぎないと、シェラ姫は言う。

どこまで行っても仮定の話であり、論拠が足りないのではないかと。

「甘い。姫は、この国の人間がどれほど狡猾で残忍か、知らぬのです。大戦の折、どれほどの同胞がこの国の人間に殺されたことか」

段々と、魔法使いもヒートアップしてくる。

自分が一番強く感じていることを、自分で言葉にし、自分で口にするのだ。感情が揺さぶられるのだ。昂ってくるのも当然といえば当然。

「戦争ですわね。悲しいことだわ。でも、ならば尚更、次なる戦争を起こさない努力をするべきではなくて？　御爺様は、それを考えたのだと思うのだけど」

「それこそ笑止《しょうし》です。敵に足蹴《あしげ》にされて笑う、奴隷《どれい》の平和など。隷属《れいぞく》が搾取《さくしゅ》に変わるころには、我々は何もかもを奪われていましょう」

人質を預けた状態で、自分たちが抑えつけられる形の平和は許せない。

ここまでくると、現実論ではなく感情論である。

二十数年前に起きた大戦では、ヴォルトゥザラ王国人もかなり死んだ。殺したのは神王国人だ。開戦の経緯には神王国も言い分はあろうが、ヴォルトゥザラ王国人を殺したことは動かしようのない事実。

自分たちの同胞を殺した奴らに、何故下手に出ねばならないのか。

「貴女がそこまで強硬な意見を持っているとは、初めて知ったわ。それで、神王国に伍《ご》することと、私の護衛を襲うことに、何の意味があるのかしら」

「我々は、姫を利用する連中に、ひと泡吹かせてやろうと思っているのです。姫は、我々がお守りします故、何も心配いりません。ここで姫が〝行方不明〟となることで、同志が動きまする。姫様ご不在の責任を追及すれば、今まで不当に奪われてきた国益も取り返すことが適いましょう。きっと、神王国の奴儕《やつばら》は血の気をなくす」

「夢物語のようね」

「夢ではございませぬ。姫のご協力があれば、実現する現実でございまする」

シェラ姫を利用することが許せないと言いつつ、これからやろうとすることは、姫の存在を盛大に利用した恫喝《どうかつ》。

言っていることが矛盾だらけだと、姫は呆れる。

高い忠誠心の根本には、コーンウェリス自身の思い込みの強さがあったのだろう。自分が絶対に正しいと、心の底から信じられる精神力の強さ。

それが、今の状況では完全に裏返っている。

高い忠誠心故に姫の現状が不遇だと憤り、強い責任感故に自分が何とかせねばと考え、優れた能力故に実行できてしまう。

味方であれば頼もしかったものが、今はそのまま敵になっている状況。

ぐっと、木剣を握る力を強めるシェラ姫。

「姫様、抵抗はなされませんように」

「抵抗したら、どうなるのかしら？」

じりっと足を動かす姫。

「……こうなります」

はっと姫が気づいた時には、足元が凍っていた。日陰の、日当たりの悪い場所だ。地面が湿っていても、不自然には思われない。

氷を生み出す者にとってみれば、湿り気の多い地面は自分の得意なフィールド。

身動きが取れなくなった、と気づいた時には遅かった。

口元を凍らされ、息ができずにそのまま酸欠で気を失う。

足元から崩れ落ちる姫。

「姫様をお運びしろ。くれぐれも、丁重にな」

魔法使いの女性は、周りにいた男たちを動かし、何処《いずこ》となく姿を消すのだった。

シンの気づき

「姫様がお休み？」

ホンドック教官は、ヴォルトゥザラ王国の姫様付きを名乗る人物から報告を受ける。

急な体調不良によって、しばらくシェラ姫が学業を休むという。

急な連絡になってしまって申し訳ないとの言葉を添えて。

「教官方には申し訳ないが、快復するまで学業と訓練は休ませてもらいたいのです」

「そうですか。体調不良なら仕方ないですね」

学生が体調不良というのはよくあること。

まだ体も発展途上な若者ばかりであり、自分の体調管理を完璧にこなせる人間のほうが少ない。特に雨中の夜間訓練のあとなどは、体調不良者が続出する。

雨の中で体が濡れ、夜に気温が下がることで体も冷える。季節が寒い時期なら最悪だ。

敵というものは、自分たちが嫌だからといっても待ってくれるものではない。雨の中だろうが、夜だろうが、寒い時期だろうが、襲ってくることはある。むしろ、嫌がるときこそ狙われると思うぐらいのほうが良い。

教官たちは実戦を経験している者も多いので、戦場というものが如何に厭《いや》らしく、如何に過酷で、如何に辛いかを、実感を込めて教えるものも居る。

雨の中で視界が悪くなっているところにきて、ばったり敵の一隊と遭遇。急遽戦いになったが、視界不良の遭遇戦。それはもう泥だらけ、傷だらけになって最悪の戦いだった。などと語るのだ。

こういった経験をした教官の少なくない数が、学生たちにも同じ経験を積ませてやろうと考える。

雨の中、寒風の中、或いは酷暑の折。学生たちが若いとはいっても、限界はあろう。

いざという時の為に、過酷な状況を経験させるのも軍人教育の一環ではあるのだが、やはり無理をすれば体調の一つや二つは崩れるもの。

シェラ姫は、流石に雨中の寒稽古などはしていなかったはずだが、夜間訓練ぐらいはしている教官が居たのかもしれない。

慣れない夜間訓練では睡眠不足になりがち。睡眠不足は、風邪を引きやすくなることぐらいは軍人たちは皆経験則で知っている。

姫の体調不良も、その類いだろう。

ホンドック教官は、そう考えた。

「はい。最近姫様も頑張っておられたので、疲れが出たのではないかと思います」

「確かに、遥か遠くのお国から来られていますからな。祖国とも気候は違っておりましょうし、慣れぬなかで疲れもしますか。お察しいたします」

「お気遣い痛み入ります」

幾ら鍛えていようとも、シェラ姫は十代の女子であり、慣れぬ外国で学ぶ身。

気を張っていたものが、ふっと緩んだところで疲れがどっと出てくるというのは分からなくもない。

ホンドック教官は、仕方ないことかと納得した。

「しかし、学生が体調不良で倒れたとあっては、放置もできませんな。ぜひお見舞いを」

体調を崩したのが、一応は自分の担当する学生となれば、放置も不味い。

ましてや、預かっているのが外国の王女なのだ。

見舞いの一つもするのが心遣いだ。

きっと、慣れぬ土地での病に、気も弱っていることだろう。一言二言激励の言葉をかけ、励ましてやるというのも教官の務め。

などと、ホンドック教官は腰を浮かしかけた。

しかし、ヴォルトゥザラ王国の人間は、教官の心遣いを固辞《こじ》する。

「いいえ、それには及びません。教官に見舞いをしてもらう学生などはあまり聞きませんから」

「そうですか？　私は担当する学生の体調不良にはできるだけ見舞うようにしておるのですが」

「国が変われば常識も変わるということでしょう。何より、姫も女子です故、殿方の見舞いは羞恥《しゅうち》もありましょう。ご理解いただきたい」

「そこまで言われては、仕方ありませんな」

頑なに見舞いを遠慮されてしまえば、流石に押しかける訳にもいかない。高貴な女性の部屋に無理矢理乱入したなどと言われてしまえば、教官の職どころか命の危機である。

ホンドック教官は、仕方なくそのまま講義の為に場を離れた。


「遅れてすまんな。早速今日の講義を始めようか」

改めて講義の為に教室に出向けば、担当する者たちは既に待っていた。

ただし、少々ざわついている。

原因も先ほどのことだろうと察した教官は、何事でもないように平静を装う。

「今日の講義は、座学だ。毎日模擬戦も飽きたことだろうから、今日はみっちり座学漬けにしてみるか。午後も含めて、一日講義漬けといこう」

「えぇぇ」

教官の言葉に、学生たちは嫌そうな態度を見せる。

勿論、訓練の行き届いている学生たちが、真っ向から不満を見せたりしない。教官に対する返事は、常にイエスである。しかし、だからといって嫌なことを好きになるはずもない。

「お前らは最近、座学の時はどうにも身が入っていない様子だったからな」

早速とばかり講義を始める教官。

講義に身が入っていない学生が増えていた理由もはっきりしている。

男ばかりの所に、突如現れた美少女留学生。しかもお姫様と来ている。ワンチャンあれば逆玉の輿。

それでなくとも魅力的な美人相手に、ついつい目がいってしまう男の多いこと。

お陰で講義の度に、ふわふわ浮ついた空気が蔓延《まんえん》していた。

幸い、今日は学生たちも集中するはずと、講義を始めるホンドック教官。

「教官、一つ質問をしてもよろしいでしょうか」

「なんだ？」

講義を始めようとしていた矢先のタイミング。

学生の一人が手をあげる。

誰が手をあげるか、計っていたような感じだ。

学生の中でも割とリーダー的な男子学生が、ホンドック教官に対して質問する。

「姫様はどうされたんでしょう？　今日は姿が見えないようですが」

「体調不良で休みだそうだ」

まあ、聞くだろうな、と思っていた内容。

目下、ヴォルトゥザラ王国の姫君は、学生たちの中でも大注目のヒロインである。

それが今日は姿を見せない。

何かあったのかと気になるのは当然だろう。

ホンドック教官は、何でもないことだと平素のとおりに告げる。体調不良で学生が休むなどは珍しくもないだろうという態度。

ただ、姫の現状を聞いた若者たちは違う。

いつもとおなじ日常の中に現れた、非日常ともいえる。

とたんに騒がしくなる学生たち。

「じゃあ俺が代表して見舞いを」

誰かが言った。

「ふざけんな。代表して見舞いに行くなら、俺だろ。お前はこの前模擬戦で俺に負けたし」

「何をいうか。見舞いというなら、手ぶらで行くわけにもいかない。今日の座学についても教えることができるよう、座学の成績が良い奴が代表していくべきだ。つまり、僕だ」

一人が騒ぎ出せば、他の人間も騒ぎ出す。

美少女をお見舞いする。あわよくばそれをきっかけにお近づきになりたい。何ならお見舞いを理由に部屋に上がりこんでしまおう。

などという、邪な考えを持つものばかり。

思春期の男子学生などというものは、頭の半分はピンク色に染まっている生き物なのだ。

やいのやいのと、言い合いが始まる。

誰もがそれなりに一理ありそうな理屈をひねくり出し、自分が見舞いに行くと言い張っている。なまじ頭のいい士官学校生が揃っているだけに、この手の言い訳をさせても上手いのが堪《たま》らない。

理屈と膏薬《こうやく》は何処にでもつくという言葉があるが、それぞれに優秀な人間が揃っていれば、自分が見舞いの代表者として選ばれるべき理由というのもどうにでもつけられるものなのだ。

「ああ、うるさいぞ、お前ら。静かにせんか」

事前に予想はしていたが、やはり騒がしくなったと、ホンドック教官はバンと壁を叩いて学生たちを大人しくさせる。

ため息の二つや三つは出そうな状況。予想どおりでも何も嬉しくない。

「見舞いは、姫様も断っていた。そうやって気を取られているから、座学が進まんのだ。それじゃあ、早速前回の復習からやるぞ。その後は算術をやる」

「はい、教官」

ホンドック教官は、改めて姫の見舞いを禁じる。

教官自身が断られたのだ。学生たちが行ったところで、更に迷惑に拍車がかかるだろう。

くれぐれも勝手な行動は慎むようにと、どでかい釘を差し込んでおく。

「よし、それじゃあ……」

授業は、いつもよりも熱を入れて行われた。

◇◇◇◇◇

姫様の体調不良説が流布され、心配だというものが増えるなか。

シンは、いつものとおり人目のない建屋の裏に来ていた。

いつもどおり、今までどおりのはずが、何故か少しだけ寂しくも思える。

「いない、な」

いないことを確認したくなる気持ちが何から来るのか。

親しい友人が、体調不良になれば心配の一つもするはず。

見舞いも断られた以上、顔を見ようと思えば元気になるのを待つしかない。

待つしかないのだが、何故かつい、いつもの場所に足を運んでしまう。

そこに待ち人が居ないと分かっているはずなのに。

「ん？　何だこれは」

馴染み深い場所に足を運んだシン。

そこで、ふと違和感を覚えた。

魔法の使われた形跡だ。

シンは〝魔法使いの友人〟が居る。マルカルロがそれだ。モルテールン家従士の彼は、元々〝一般人〟として入学したはずなのだが、いつの間にか〝実は魔法使いだった〟という話になっていた。

真実は分からない。ルミニートという学内のアイドルを射止めたことで嫉妬を集めるマルクであるから、襲われることがないように魔法使いだと吹聴している可能性もある。

権謀術数の得意なモルテールン家の人間だ。ブラフを駆使してマルカルロが魔法使いを装っていたとしても、何の驚きもない。

シンにとっては、マルクの真実などはどうでもいい。大切なことは、魔法使いが身近にいることで、或いは魔法使いと共に育った人間から聞くことで、〝魔法を使った形跡〟を確信できることだ。

間違いない。魔法が使われた。

何の魔法かまでは分からないが、確信をもって断言できる。

更に、シンはいつもの場所から僅かに逸れたところに、昨日まではなかったものが落ちていることに気づく。

「……これは」

落ちていたものを拾い上げてみると、何の変哲もない布だった。

赤い、ひらひらとした、細く長い布。

シンには、その布に見覚えがあった。

「シェラのリボン。何故こんなところに……大切なものを落として気づかないはずが無いし、体調不良でも人に探させることなら出来るだろう。それも出来ない？　まさか⁉」

シンは、姫が何者かに攫《さら》われたことを確信した。

救助要請

夕食の終わった自由時間のこと。

「頼む、力を貸してくれ」

シンが、マルカルロを呼び出して頭を下げている。

誇り高いシンが頭を下げるなどというのは珍しいことであり、呼び出されたマルクとしても戸惑いは大きい。

いきなり頭を下げられても困るのだが、事情を聴くため話をする。

「一体、何なんだよ」

マルクとシンは、友人と言っていい。

海外にも一緒に同行した仲だし、特殊な事情で学校に入学したという点も似ているからだ。

社交的で遠慮のないマルクだから、自分からは人に絡みに行かないシンにも遠慮しないということもある。

仲はいい。比較してというのならばもっと他に仲のいい相手はいるだろうが、他の教官に教わっている同期の中でと括れば、五指に入るだろう。

しかし、だからと言って夜中こっそり呼び出し合うような仲ではない。

そそっかしい性格を自任しているマルクとしては、俺何かやらかしたかと、不安もよぎる。

人目につかない寮の裏手。

切羽《せっぱ》詰まった感じで、シンが意を決してマルクに話す。

「実は……シェラ姫のことだ」

「お？　いよいよ告白か？」

最近、シンと姫が良い雰囲気なのは、マルクとしても理解していた。

妻のルミに聞く限りでは、既に学内女子からは〝公認カップル〟として扱われているという。

当人同士はまだそこまで自覚がないようだが、憎からず想う相手同士であることは明らかであり、定期的に逢瀬《おうせ》を繰り返している疑惑もある。女性はそういったことに敏《さと》いのだ。

そのシンから、姫について相談というのだ。

いよいよ好意を自覚して、告白でもするのかとマルクは前のめりになる。人の恋バナが楽しいのは、男女変わらぬ野次馬根性というものだろう。

「そうじゃない」

「なんでぇ」

マルクは、近頃それなりに恋愛相談を受けている。

それも当然だろう。ルミという美人を妻にしたのだ。片思い中の純情男子や、想い人に上手く気持ちを伝えられない奥手ボーイから見れば、一歩も二歩も先に進んだ、経験豊富な恋愛大ベテランに見える。

実態は別にして。

しかも、マルクの友人関係には女性も含まれる。

ルミを介してということも多いのだが、既に妻帯しているマルクは、士官学校の女生徒からすれば〝安全牌〟なのだ。

ただでさえ女性の人権など無視されがちな世界。おまけに男所帯の士官学校。現代であればセクハラど真ん中の行為も横行している。身体《からだ》に触ってコミュニケーションだと開き直るスケベ野郎もざら。下手に男子と仲良くなればすぐに色恋沙汰にもなるし、それでなくとも男と話すといろいろと邪推《じゃすい》されがちだ。

翻《ひるがえ》ってマルカルロはルミにぞっこん。傍から見ていても明らかにマルクはルミにベタ惚れである。結婚もしているし、何なら常にルミの眼も光っているわけで、女生徒からすれば〝安心して仲良くなれる男友達〟の枠に入れられている訳だ。

寄宿士官学校という閉鎖環境で、男友達が居ることの利点は大きい。マルクとしても、ルミの友達から相談を受ければのるのも普通のこと。元々長男ということもあって世話焼きな性分だし、ストーカーになっていた奴を嗜《たしな》めるぐらいは朝飯前。

これを傍から見れば、ルミのみならず学内の貴重な女生徒の多くと仲良くなっている、プレイボーイに見える。

色惚けた男子生徒の眼は大いに曇っているものだ。

どうしたら女生徒とイチャコラできるのか。どうかご指導ご鞭撻《べんたつ》のほどをと、最近は特に男子からの相談も多かった。

てっきり、シンもその手の相談事だと思ったマルクだったが、違うと言う。

どうも、それ以上に深刻な内容らしいと、青年は続きを促す。

「マルカルロは、魔法が使えたよな？」

「ああ」

魔法使い。

二万人に一人ともいわれる、稀有な才能を持ったものの総称。

マルクは元々魔法使いではなかったのだが、ペイスの発明した魔法の飴を使うことで、魔法を使えるということが知られてしまった。

幼馴染であるルミを守る為であったことから後悔は一切していないが、それでモルテールン家に迷惑をかけたことは事実。

以来、実は魔法使いであったことを隠していたと言い張ることで、モルテールン家の魔法の飴については秘匿することにしている。

精一杯、魔法使いの振りをするマルク。

ペイスの演技指導もみっちり受けているマルクの擬態は、シンも騙される。いや、薄々気づいていても、背後の事情に恐ろしいものを透かして見ているため、騙されていることにしている。

マルクは魔法使い。

これは、学内での公式な立場だ。隠す必要もない。

「魔法使いの手が、必要な事態が起きたんだ」

「魔法使いが必要な事態？」

魔法使いは、どんな能力であっても凄い力を持っている。

普通の人間ではどう頑張ったところで不可能な超常現象を起こせるからだ。

そんな人間兵器ともいうべき存在を頼る。

生半可な事態ではなさそうだと、マルクも真剣になる。

「姫が、攫われたんだ」

「はぁ!? なんだそりゃ。本当かよ」

「本当だ。俺には分かる」

「そうなのか？ ま、お前はそういうことで冗談を言う奴じゃねえよな」

普段はぶっきらぼうで排他的な態度を見せるシン。

人によってはクールに見える性格ではあるが、人を騙して喜ぶような趣味も持ち合わせていない。

外見はどことなく似ていても、モルテールン家の筆頭悪戯坊主とは大分性格が違うのだ。

あっちの銀髪野郎は、人を騙すのが滅法得意だ。本人は騙したくて騙している訳ではないというが、そもそも外見と中身のギャップからして詐欺師である。

天然のペテン師から比べると、同じ銀髪でもシンはまだ誠実だろう。

嘘をついて人を騙すこともしないし、大人を相手取って裏をかくようなこともしない。

ただ、だからこそ姫が攫われたという言葉にはマルクも驚きを隠せない。

「恐らく、魔法を使って攫ったんだと思う」

「マジか」

本来、お姫様が攫われるなどありえない。それも学校の中でというのなら猶更。護衛も常から侍っている様を、マルクも何度となく見ている。

手練《てだ》れの護衛であった。

実際に戦っているところを見た訳ではないが、一国の王女を護衛する人間が弱いはずもない。事実、姫に近づこうとしていた色ボケ野郎たちは誰一人お近づきになれず護衛に排除されていた。

厳重に警護されている中、人ひとりを攫う。一聴するだけなら、何を馬鹿なことをと鼻で笑う。しかし、魔法を使って誘拐したとなると、話の信憑性《しんぴょうせい》も出てくる。

魔法とは、多種多様。千差万別。

風を見る魔法、火を熾《おこ》す魔法、嘘を見抜く魔法。そして瞬間移動や転写の魔法。マルクが知っているだけでも、いっぱいある。

使う魔法によっては、厳重な警護の中から掻っ攫うことも可能だろう。

少なくとも、マルクの仕えるモルテールン家の魔法使いなら、鼻歌交じりでやってのけそうである。

「ああ。だが、俺は正直魔法については詳しくない」

「俺も詳しくはねえぞ」

似非魔法使いであるマルクは、魔法のことは正直一般的なことしか分からない。

「魔法の使えない俺よりは、マシだろう」

「ああ」

まさか、魔法使いではないとは言えない。

魔法のことをできるだけ言いたくない魔法使い、という風を装わなくてはならない一般人マルク。

魔法について詳しくないという訳にもいかず、シンの話には戸惑うばかり。

「それで、俺にどうしろって言うんだよ」

「手が足りない。捜索に、力を貸してほしい」

真剣に頭を下げられ、じっと考え込むマルク。

答えはすぐに出る。

「分かった」

マルクは、元より正義感の強い男。

女の子が攫われて、助けてやりたいという男が居る。それも一緒に外国にも行った友達が助けてと言ってきたのだ。

ここで動かねば男が廃《すた》ると、快く請け負う。

「ありがとう」

シンはマルクと握手して感謝すると、他にも手を借りてくるとその場を去る。

「……ペイスにも連絡しといたほうが良いよなぁ」

マルクは、至急の連絡手段を用いてペイスに繋ぎを取った。

囚われの姫

うす暗い建屋の中。

姫は、厳重に縛られた上で椅子に座らされていた。

猿轡《さるぐつわ》までされて、絶対に逃がさないという意志を感じる状況だ。

――コツコツコツ。

堅い石畳の上を歩く革靴の音。

やがて、姫の監禁場所までその音はやってくる。

音の正体は、部下を引き連れた中年の男であった。

中年男の傍には、氷結のコーンウェリスも居る。

「ふむ、苦しそうだな」

「むぐっ、むぐっ!!」

猿轡のせいか、まともに話すこともできない姫。もがいて抵抗を見せるものの、固く縛られた紐は緩みそうにもない。

「何を言っているか分からんし、どうせここには人も来ない。口のものは外して差し上げげろ」

「は」

部下らしき人物が、縛り上げられている姫の猿轡を取る。

ぷはあと大きく息をした姫は、部下に命令をしていた人間にキツイ目線を向けて睨みつける。

「私を放しなさい。今解放するのであれば、貴方たちの命までは取らずにいてあげましょう」

縛り上げられても尚、上から目線で交渉を始める姫。

実に頼もしいなと、何故か嬉しそうな犯人が、姫の傍に寄る。

「大人しくしていれば何もしない」

じっと姫を見つめる中年男。

その目線に嫌なものは感じない。むしろ、敬意すら垣間見える。

人を攫っておいて何故そんな目をするのか。被害者の少女は、心底不思議だった。

「なんでこんなことをするの」

手足を縛られて動けないにもかかわらず、気丈に振る舞うシェラ姫。

中年男たちも、そしてその部下たちも、姫の態度には好感を持ったらしい。

つまり、恨みや怒りで姫を攫った訳でもないし、危害を加えないというのも恐らくはそうなのだろう。

なぜこのようなことをしたのか。

姫は、攫われるときに事情を聴いている。

実行犯である氷結のコーンウェリスから、詳細に事情を聴いているので、何故攫われたのかも十分に理解できている。

ではなぜ訊くのか。

それは、情報の精査の為だ。

犯罪組織や過激思想団体にはありがちな話だが、下っ端や実行犯は団体の掲げるお題目や綺麗ごとをまともに信じ込んでいて、上の人間の思惑は真っ黒ということもありえるのだ。

特に、一国の姫を攫うなどという大それたことをしているのなれば、上層部に政治的思惑が入り混じっているであろうことは推測も容易《たやす》い。

また、情報というのは同じ情報でも複数のルートから得るものだ。

情報機関を持つロズモの直系として、ある程度の帝王学を学んでいるシェラ姫。情報の取り扱いについても多少の心得がある。

これで仮に、同じ情報であっても違いがあった場合。例えば、誘拐犯の魔法使いは〝姫を攫う〟と言っていたが、目の前の首謀者と思《おぼ》しき人物が〝王族を攫う〟と言ったなら。ここに、情報の差異が見えてくる。

実行犯は姫を攫うつもりだったが、首謀者は王族であれば誰でも良かったと考えているというのが見えてこないだろうか。

この場合、シェラの身の安全は危うくなる。

ロズモの公女というべき人間は一人しかいないが、ヴォルトゥザラ王国の王族となればもっと大勢の人間が該当するからだ。即ち、姫の身柄を絶対に確保しなければならないという意思は乏しいということだ。

或いは、氷結の魔法使いが寄宿士官学校でことを起こした点。目の前の首謀者が、他の場所で攫うことも考えていたかもしれない。攫うことが主目的であり、寄宿士官学校であったのはたまたまだという可能性だ。

この場合、姫の命はかなり安全になるだろう。

何故なら、明らかに神王国に対して敵対的な行動をとったことが、重要ではないということになるからだ。

隣の大国を敵に回すことさえ許容しても、姫の身柄の確保を優先すべきだったということになれば、早々簡単に姫の身の安全を危うくしたりはしまい。姫の身の安全を軽んじるぐらいなら、政治的にリスクを取ることのほうを恐れるべきだからだ。

情報とは、同じようなものであっても、そこに内包される情報量や意味づけは違ってくる。

だからこそ、情報というものは複数から集めるべきなのだ。

つまりシェラ姫は、改めて情報の裏どりをしようとしているわけである。

「姫様は、ご存じないでしょう。まだ三十年は経っていないと思いますが、儂《わし》の若いころには、神王国と戦争になったのだ」

姫の思惑に気づいているのかいないのか。

自己陶酔《とうすい》を匂わせる雰囲気で、首謀者の男は語る。

勿論、姫は神王国と祖国が戦争になった過去を学んでいる。

部族でも年嵩の人間は皆が皆そのことを話すし、族長などはその戦いにおいて獅子奮迅の活躍を見せたと何度も聞いた。

王家の人間としても諸外国の、とりわけ隣国である神王国との関係は聞かされており、留学するにあたって入念にレクチャーされたことでもある。

だから、知らないと言われたことに対しては反発を見せた。

「知ってるわよ。私たちと神王国が、昔に戦ったことぐらい」

「いや、知らない。知っていれば、のんきに留学などできようはずがないのだ!!」

男は、大きな声で叫んだ。

明らかに怒りだ。

驚く姫に対し、中年男やその周りの人間は、怒気を隠そうともしない。

中年男が怒ったことに対して、そうだそうだと同調さえする。

「我らの同胞が、数多く殺された。儂の父も、叔父も、叔父の子……従弟も亡くなった。可哀相に。新婚も間もなく、子供も居ないのに殺されたのだ。残されたものの悲しみを、儂は間近で見てきた」

はあはあと息を荒らげた後、鼻から大きく息を吸って落ち着きを取り戻そうとする中年男。

怒りの源は、肉親の多くを戦争で失ったことに由来するのだろう。

肉親や近しいものを殺されて、それを悲しみ、悼む気持ちは少女にも理解できた。彼女が納得できないのは、その想いに他人を巻き込むこと。

自分を理不尽につき合わせることである。

「神王国には、思い知らせねばならんのです」

どこか信念を感じさせる。

いや、狂気を感じさせる佇まいに、思わず黙り込むシェラ姫。

だが、聞かねばならないことがある。

「私を攫うことと、何の関係があるの」

「ははは、愚問《ぐもん》ですな」

男たちは、当たり前のことを当たり前に話す。

彼らにとって、ごく当然の常識を。

「神王国に、責任を問いただすのです」

男は、問いただすという部分を強調して姫に伝える。

ここにこそ、真意がある。シェラ姫は、直感でそう思った。

「神王国内の、それも学校の中。警備が何重にも行われているであろう場所から、姫が居なくなる。これは、神王国の警備が不味かったからでしょうな」

警備は厳重に行われていたはず。

それを、どうやったのか目の前の連中はすり抜けて見せた。

諜報機関に居る魔法使いを動員していることから、まともな手段ではあるまい。

シェラ姫は、自分の一族の裏の人間が、人には言えないようなこともやっていると知っている。

むしろヴォルトゥザラ王国において、有力な部族は大なり小なり、そういった表沙汰にできない仕事を専門にする人間を抱えているものだ。

表と裏、両方を使いこなしてきたからこそ、ヴォルトゥザラ王国は大国と呼ばれるまでに大きくなった。

神王国内の、軍事施設ともいえる場所から、要人をかどわかす。

立場が違っていれば、いっそ褒めたたえるほどのあっぱれな所業である。当事者としては、自国の人間の優秀さが腹立たしい。

ぎろり、と中年男が雰囲気を変えて姫を睨む。

「責任を問いただしたところで……ことによれば、先んじて一撃を加えることになるかもしれません。そうなったときは、姫は宣戦布告の大義名分となるでしょう」

大義名分。

それは即ち、姫が死ぬかもしれないということ。

神王国の人間がやったと宣伝でもするのだろう。

留学を要請していたのは、このためだったとでも言い張るに違いない。

「それまでは、大人しくなさいますよう」

言うだけ言って、男たちは去っていった。

手足を厳重に縛ったまま。

口を自由にしていたのは、舌を噛み切って死んだとしても、それはそれで利用価値があるからだろうか。

ぞわり、と背筋を寒いものが走る。

「助けて、御爺様、父様、母様……」

助けを求める声は、か弱く響く。

「助けて、兄さま……」

祖国に居るであろう、兄を思い浮かべる。

日頃は喧嘩もする相手だが、優しい兄。

「助けてシン」

最後に姫が助けを求めたのは、好敵手と認める銀髪の青年であった。

推理

モルテールン家には、緊急伝達のシステムがある。

魔法の飴を使えるというアドバンテージを大いに生かすため、また情報の伝達速度と質の良さこそモルテールン家最大の強みであるため、長所をより生かす手段として整備されたものだ。

方法はいろいろとあって、担当している仕事ごとに違っていたりする。

例えば土木工事を担当するグラサージュは、何かしらの緊急事態が起きた際、赤い色の狼煙《のろし》をあげることになっている。

黒色の煙や白色の煙なら領民でも炊事やゴミ焼きでよく見かけるが、赤い色というのは誰が見ても変だと気づけるのが利点だ。余程のことがない限り、誰かしら気づくことができる。

グラサージュは土木関係を統括する関係上領内の僻地に居ることも多く、また他家の間諜がうじゃうじゃしているモルテールン領内では、大っぴらに魔法の飴を使いづらい。

そこで、一見すれば普通の手段でも可能な、狼煙という手段を使っている。普段からも狼煙を使って連絡しつつ、本当に危険な時には赤い色で伝える。

ここで大事なのは、普段は普通に狼煙をあげているという点。情報隠蔽《いんぺい》の一環でもあり、利点が大きい。

雨の日であったり、風の強い日であったり、夜であったりといったとき。【発火】の魔法を使えるということで、雨の日や夜でも見える〝狼煙〟をあげることができる。

領内のどこからでも見える、火柱をあげるのだ。

盛大に火が燃え盛っているものを狼煙と呼んでいいかは不明だが、緊急事態となれば背に腹は代えられない。

どうみても異常事態を告げるという意味では分かりやすく、また火が燃えただけであれば後々「隠れて備蓄していた燃料に引火した」などと言い訳も容易い。

燃料などなくても火が熾せる【発火】は、いざというときでも使えるという点で便利である。

また、他領に出入りして情報を集めるラミトなどは、各所にこっそりと身を潜めている連絡員と符丁を決めて定時連絡をしている。

緊急事態が起きれば、それ専用の暗号と符丁を用い、各地に散らばるモルテールンの協力者の誰かに、伝言を伝えるのだ。

ここで伝えられた伝言は、いろいろな手段を用いて迅速に王都に伝わる。王都でモルテールン家の裏部隊を統括するコアントローに繋がり、そこからカセロールまで伝わる仕組みである。

協力員はいろいろだが、町の行商人に扮していたり、単なる主婦を装っていたり、或いは他領の兵士であったり。

本当にこんな人が協力員なのかと思うような人物まで、モルテールンの息がかかっている。

二十年以上に亘って秘密裏に、そしてコツコツ作ってきた情報収集網であり、情報伝達網なのだ。

近年は龍の素材オークションで馬鹿みたいに稼いだこともあり、この情報網の精度と質も上がっている。金にものを言わせて、予算を潤沢に使えているからだ。

彼らの中にはモルテールン家に忠誠を誓っている口の堅い者がおり、本当の緊急事態の時は魔法の飴を使って【瞬間移動】してでも情報を届けることになっている。

さて、王都の寄宿士官学校に居るマルカルロやルミニートだが、本当の緊急事態にはペイスに連絡するようになっている。

先の情報網がモルテールン家直轄。カセロールの直属であるのに対し、マルクとルミはペイス直属であるからだ。

いざというときに使っていいと渡されている魔法の飴。

それを使って、マルクはペイスに危急を伝えた。

すぐにもペイスから、関係者を呼ぶようにと連絡があり、学内の教導官室に呼び出されたマルク。

そしてマルクからついて来いと言われたシン。

「連絡を聞いてザースデンから急いできましたよ。マルクも変わりなく」

「ペイス様、一大事だ」

挨拶もそこそこに、マルクはペイスにまくしたてる。

「姫様が病欠ってことで実は襲われたっぽくてでも本当は誘拐されてるっぽいってシンが言ってて……」

慌てていることから報告の内容が要領を得ないマルク。まだまだ十代半ばであるから、理路整然とした大人の報告の仕方が難しいのは理解できるが、モルテールン家の従士たるもの、高い能力が求められる。

これはまだまだ報連相の訓練がいると内心考えるペイス。

「とりあえず、落ち着きなさい。指揮官たるもの、いつでも冷静にあらねばなりません」

「うっ……申し訳ありません」

常日頃から教官に指導されているからだろう。

自分の今の状況が、怒られてもおかしくないと気づいたマルクが、バツの悪そうなまま姿勢を正す。

「シンはどうしてマルクと一緒にいるんです?」

「元々は自分がお願いしたことであります」

「詳しく状況を報告してください」

「はい、それでは報告させていただきます」

キリッと敬礼して姿勢を正すマルクとシン。

落ち着いた二人の姿勢は、どちらも訓練の成果が出ている。

これが常にできればと、内心思うペイス。

「先頃、姫様が体調不良という連絡が回ってきたことはご存じでしょうか」

「ええ、知っています。教師陣にも連絡が来たと聞いています」

ペイスは、寄宿士官学校においてかなりの重役である。

教導役ということで実務は相当に少ないのだが、大事な連絡事項は回ってくるようになっていた。

専門の秘書が纏《まと》めて、たまにやってくるペイスに報告してくれるのだ。

「その連絡が虚偽であり、姫が何者かに拉致された疑いがあります」

「何ですって？　詳しく話してください」

「はっ」

マルクとシンの報告に、片眉をあげて反応するペイス。

感情を荒ぶらせない落ち着きのある教導役には頼もしさすら感じる。

「実は自分は、姫様といささか私的な交流を持っておりました」

「ほう、それは隅《すみ》に置けませんね」

「……恐縮です」

冷やかしたわけではないだろうが、一国の姫君とこっそり逢瀬を重ねていたというのなら、それはそれで滅多にあることではない。

偶然にしろ意図的にしろ、相当に〝何か〟に愛されていなければあり得ないことだろう。

ペイスのように騒動に愛されているのか。或いは、運命に愛されているのか。はたまた、別の何かか。

「体調不良という連絡を受けた後、自分は姫と普段会っている場所に向かおうとしました」

「ふむ」

「途中、明らかに〝魔法が使われた〟と思しき残滓《ざんし》の感覚と、不自然な現場を発見しました」

「不自然とは？」

「普段より、明確に〝寒い〟と感じました。また、現場は普段とは違う様子でした」

「なるほど」

普段からほぼ毎日のように足を運んでいた場所。

どこがどう違うとは明確に言えないが、シンには明らかに違和感があった。

肌に感じる空気、普段は誰も歩かない場所にあった足跡、シェラ姫の通り道を監視しやすい場所にあった人の待ち構えていた痕跡などなど。自分が調べて確信に至った根拠を丁寧に説明していく青年。

シンの説明をしっかりと聞いていたペイスは、そのまま瞑目《めいもく》する。

目を瞑《つむ》って、考えを巡らせているのだ。

状況証拠と、推測。

物的な証拠がないとしても、シンの証言だけでも分かることは多い。

「姫は、何者かに襲われた可能性がある。少なくとも、何某かのトラブルに巻き込まれたのは確実でしょう。貴方の言うとおり、攫われたと考えるのも無理はないですね」

ペイスは、自分の推理を披露する。

まず、仮に姫が攫われたとして、既に命がない可能性。これは、否定していい。

姫の命を殺めるのが目的ならば、死体を隠す理由が薄いからだ。

恐怖の伝達か、政治的喧伝か、騒乱の扇動《せんどう》か。いずれにせよ、死体を晒《さら》して衆目《しゅうもく》を集めるほうが、やりやすかろう。

そして、単に攫われただけだと仮定した場合。

神王国人や、或いは他の国の人間に攫われたのなら、ヴォルトゥザラ王国の対応がおかしい。姫が居なくなったことなど、学校関係者や神王国人より正確かつ迅速に分かるだろう。姫の行動スケジュールを管理していただろうし、護衛も定時報告や交代があろう。

しかし、ヴォルトゥザラ王国側は姫の不在を隠そうとしている。それも〝いずれバレる〟ような見え透いた嘘をついて。そして、慌てている様子がない。

つまり、ヴォルトゥザラ王国の人間は、姫が自分たちの身内に攫われたことを知っている。あるいは、最初からグルの可能性が高い。

「身の安全という意味では、まず安心してよいでしょうが……本人の望まざる状況に置かれているのは間違いないでしょう」

姫がヴォルトゥザラ王国の人間に攫われたとするのなら。

そのまま手を出さずにいたほうが、神王国人としては正しい。

ましてや、この場に居るのはペイスを除いて学生。

高度に政治的になるやもしれぬ案件に、首を突っ込む謂《いわ》れもなければ動機もない。

たかが学生に、何ができるというのか。

道理でいえば、静観が妥当。

だが、理屈どおりにいかないことも、世の中にはあるもの。

「……俺は、助けに行く。一人でも」

シンは、ぐっとこぶしを握る。

自分が助けなければいけないと、何故かそう確信したからだ。

姫が不本意な状況に置かれているとすれば、自分が何とかしてやらねばならない。

「しかし、どうやってです？」

「それは……」

決意は立派なものなのだろう。

責任感も含め、正義感といっていい。

しかし、問題は能力だ。

シンが、何処にいるかもしれない姫君を救い出すには、足りないものが多すぎる。

じっと黙り込む美青年。

助け舟を出したのは、よく似た風貌《ふうぼう》のこれまた美形のパティシエ。

「……ひとつ、条件次第で僕が手伝いましょうか」

悩んでいた青年にとっては、まさに救いの手。

決断力に富む男は、迷わずその手を取った。

「お願いします、モルテールン教官」

シンは、ペイストリー相手に白紙の約束手形を振り出した。

強硬な外交

「貴国の治安はどうなっておるのだ!!」

机をダンと叩く男。

マハン＝クリュシューム＝オズムは、激高する。

年のころは四十そこそこの中年。小太りで、かつては美形であったろう顔立ちも若干ふくよかになっている。

彼は元々オズムの一族の族長筋に生まれた人間だが、跡継ぎという訳ではない。それなりに高く、それでいて主流ではないという血筋を生かし、普段は外交を担っている。

複数の部族が連合しているヴォルトゥザラ王国において、国を背負って外交を担うというのは生半可な人間にはできない。

それぞれの部族の事情をちゃんと把握しておき、国内事情をしっかり押さえて根回しをしたうえで、諸外国と交渉する必要があるからだ。

内憂外患《ないゆうがいかん》という言葉もあるが、味方のほうに不安があってはまともな外交などできないもの。

その点、マハンは優秀であった。

各部族にもそれぞれ強いパイプを持ち、外交交渉にあっては強《したた》かに粘るのが持ち味。

一時は、オズムの将来はマハンが背負っているとまでいわれた人物。

大国である神王国に対してもはっきりと物言う姿勢がヴォルトゥザラ国内からも支持されていて、強気な態度は頼もしさの極致といわれていた。

いろいろな部族と繋がっていることから、オズムの一族だけでなくヴォルトゥザラ王国全体の利益を考える視野の広さも持っているし、自分たちの国を愛する愛国者でもある。

しかし、外交は水物。ちょっとした風向きの変化で、大きく利害が動く。風向きが変わったのは、先の神王国使節団の派遣受け入れ以降。

元々、神王国に対して強気な姿勢で交渉に当たるのが得意であったマハンに対し、更迭《こうてつ》論が出始めたのだ。

神王国と協調し、共同歩調を取ろうというとき。ガンガンに神王国を責め立てる強硬派のマハンは、外交の窓口として不適切ではないかという意見が広がっている。

国内事情に敏感なマハンとしては、危機感を覚える動きだ。

本来であれば、交代を囁《ささや》かれていてもおかしくない状況。

しかし、今日はいつにもまして押し一辺倒。

大声も遠慮なくあげ、担当者に不快に思われようが一切気にしない対応。

昔の栄光が偲《しの》ばれる顔を真っ赤にし、怒りを露にしていた。

「そうは申されましても」

「神王国人には誠意というものはないのか。まともに情報も出さんというのは、我がヴォルトゥザラ王国を愚弄しているとしか思えん!!」

中年男が何に激高しているのかといえば、例の件。

目下緘口令《かんこうれい》が敷かれているため関係者にしか伝わっていないが、ヴォルトゥザラ王国の姫が消息不明となっている件についてだ。

ヴォルトゥザラ王国の外交担当として、神王国に対して責任を問いただす義務があると力説していた。

大使としての職責を預かるオズムとしては、これ以上ないほど重要な事案だとの認識を再三言いつのっていた。

実際問題、神王国内の事情で自国の要人が不慮の事故に巻き込まれた場合、責任を問いただすのは外交責任者の義務でもある。

誰だって責任を問われるのは嫌なものであるし、賠償だのなんだのという話はしたくない。

放っておけば、それこそなかったことにされるかもしれない。貴族の政治とはそういうものだ。

だからこそ、外交官が居る。

マハンは口に泡たてて、仕事として担当者に怒りをぶつけているのだ。

「現在、詳細を調査中です。詳しいことが分かるまでは、当方としてはどうなっていると言われてもお答えのしようがない」

ヴォルトザラ王国の大使を応接するのは、外務貴族コウェンバール伯爵。有能さでは名の知られた人物で、諸外国でもよく知られた熟達の交渉人である。

先ほどから散々に怒鳴り散らしている男を前にしても、涼しい顔。

どこまでいってもポーカーフェイス。これは、外交というものをよく知っているからだ。

外交において、攻めるほうが主導権を握ることが多い。

今回もまた、先例に倣うもの。

神王国の不手際に対して、ヴォルトゥザラ王国は徹底的に糾弾する立場。

有力部族の族長筋の公女が、留学中に居なくなったなど、尋常なことではない。

そもそも、現在進行形で問題が起き続けているのだ。

一国の姫君を、あろうことか王都の中で攫われるなど、神王国の治安維持能力を疑うは十分な状況だろう。

だからこそ、一部の隙も見せられない。

コウェンバール伯爵としては、まずは伏せられた手札を全て表にすることに注力していた。

何も分からない伏せ札だらけの状況で、外交などやれたものではないからだ。

「答えようがないとはどういうことだ。貴国は、自分たちの庭先で何が起きているのかも見えないというのか」

「はあ」

「神王国は統治が行き届いていて、安全であるというから、我が国から留学させたのだ。この始末、どうつけるのかと聞いているのだ」

また、ダンと机を叩く大使。

「我々としても、現在詳細を調査中でありまして」

「調査中だと？　何を悠長《ゆうちょう》な」

実際、コウェンバール伯の対応はのらりくらりとしたもの。

現状は調査中であり、今後の対応は詳細が判明してからだという態度を崩さない。

「我が国の公女殿下が攫われたかもしれんのだぞ!!」

「そうでないかもしれませんな」

「なに!?」

普通の人間なら委縮しそうな恫喝《どうかつ》であっても、物慣れたコウェンバール伯爵には通じない。

そもそも外交においてわざと怒って見せるなどは常套手段なのだ。

強硬派で鳴らした人間が怒鳴り込むぐらいは、いなしてなんぼの世界に住むのが外務貴族というもの。

「当方が現在把握している内容は、今現在姫の現在位置を捕捉できていないということ。もしかすると、訓練中に迷子にでもなっているのかもしれませんぞ？」

「護衛も一緒迷子になるというのか？　そんな馬鹿な話があるか!!」

コウェンバール伯爵は、ぬけぬけと不確定情報を言ってのける。

寄宿士官学校では郊外演習に出向く機会も多い。四年次の最後に行われる卒業試験では、王家の管轄する森の中でサバイバル演習を行ったりもした。

当代の校長になってから、卒業には実技と知識の両方が大事だという方針。最後の試験に向けて、担当する学生たちに野外活動をさせる教官も増えたと聞く。

勿論、コウェンバール伯爵もそんなことはないと知っているのだが、あえて「訓練中の迷子」という。

「可能性の話です。何が起きているのかは調査中であると、先ほどからお伝えしているとおり。それ以上でも、それ以下でもありません」

現状の不確かな状況では、いろいろな可能性が考えられるとの主張。その一例として、訓練中に迷子になった可能性を提示したのだ。

自分でも一切信じていないことを、さも可能性が高いかのように言う話術は熟練のテクニックであろう。

実際、可能性がゼロとまでは言い切れないだけに始末が悪い。

暖簾《のれん》に腕押し、糠《ぬか》に釘。

押しても手ごたえが一切ない相手との交渉は、流石に大使といえども疲れるのか。

或いは、散々に大声を出してのどが枯れたのか。

段々と声の大きさも平常に戻っていくマハン。

「では、どうあっても神王国として、責任を取る気がないとおっしゃるのですな」

「現状では、そのとおりでしょう。迷子になっていたご令嬢が、ひょっこり戻ってくるかもしれません。そうなったとき、貴方は今のように大声で騒いだ責任を取られる覚悟がおありか？」

「勿論だ!! 我が一族の名に誓ってもいい!!」

ヴォルトゥザラ人にとって、部族の名を貶《おとし》めるという行為は、死にも値する大罪である。

マハンは、姫が迷惑をかけていただけであれば責任を取ると断言した。

立派な交渉態度である。

強硬派で鳴らしたのは伊達ではなく、相手に強気に出るからには、それ相応のリスクも背負うもの。なあなあで済ませる穏健派の対応とは違う。白黒はっきりつけるのだと、言い張る。

「もしも姫に何かあれば、その責任は取っていただきますからな」

捨て台詞に近い言葉を残し、大使は部屋を出る。

肩をいからせ、憤懣《ふんまん》やるかたないという態度のまま。

「ふう」

部屋を出て、自分たちの大使館に戻ったところで、先ほどまで怒り狂っていたとは思えない顔で、マハンは厭らしく笑う。

強硬に怒鳴り散らしていたとは思えない笑いだ。

「くくく……神王国に一矢報いる。順調だな」

男の呟きは、誰聞くこともなく虚空に消えていった。

救出

ペイスたちは、シンが怪しいと感じた現場で検証を行っていた。

「なるほど、確かに痕跡《こんせき》がありますね」

魔法使いは、他人が魔法を使ったことを感じることができる。具体的には、魔力の残滓を感じることができる。

強い磁力を持っていると、鉄を近づけた時に磁力を感じるような感覚と言えばいいだろうか。魔力を吸収しようとする力があると、力に引き寄せられるものを肌感覚で感じ取ってしまう。

つまり強い魔法使いであればあるほど、感知能力はより顕著になるわけで、世界でも指折りの魔力を持つペイスには、はっきりと魔法使用の形跡が分かった。

間違いなく、魔法が使われていると。

「どうにかなりますか？」

シンは、不安そうに聞いた。

いざモルテールン教官に頼るとしても、大丈夫なのかという一抹の不安があるのだ。

元々人に頼るのが得手でない人間として、自分に何もできない状況で人に任せきりというのがもどかしいというのもある。

自分が魔法を使えるのならば自分で動いて率先して解決できるものを、などと考えてしまう。

「余人ならいざ知らず。モルテールン家の力を使えば、簡単なことです」

「お願いします。モルテールン教官」

自信満々に答えるペイスに対して、不安の心が薄れるシン。

「しかし……」

「しかし？」

「モルテールン家の力を使うということは、この件に関して、貴方がモルテールン家に借りを作ることになります。それでも構いませんか？」

改めて問うペイス。

白紙の契約書にサインするような行為、流石にペイスとしても良心が咎める。特に、優秀で将来性豊かな若者であれば。

「構いません。俺にできることならば、何でもやります」

「良い覚悟です。男が本気で、守るべきものを守ろうとする覚悟。実に好ましい」

シンは、問われたことに即答する。

守るべきものを守れず何が騎士だと、ペイスの目を見て応えた。

ペイスは思った。

彼は、今日初めて騎士になったのかもしれないと。

寄宿士官学校は、貴族子弟の為の学校。

神王国においては貴族とはすべからく騎士であり、戦うものである。

そして、人々を守護するものである。

若き青年は、もしかしたら今まで本当に守りたいものが何なのか、守るべきものが何なのかを分かっていなかったのかもしれない。

ただ漠然と、与えられる課題を熟《こな》していたのかもしれない。

しかし、守るべきものを見定めた男というのは、一皮むける。

シンの在りようは、まさに騎士として正しき成長をしているといえた。

騎士を育てんがために作られた学校。そしてそこの教官として、ペイスは一人の学生を導けたことに満足感を覚える。

「結構、そういうことならば、今回の借りはツケにしておきましょう。出世払いで後日請求です」

何でもするという言質をとったが、そこに付随する覚悟も確かに確認した。

本気で、命さえ懸けて自分にできることをやろうとしている決意と覚悟。騎士の一人としてみるならば、実に心地よく頼もしい。

下手な相手ならばケツの毛まで毟《むし》りかねない人間であっても、甘さを見せる程に。

出世払いで良いというペイスの言葉。

これは、精算するのは本人次第だということ。いつか借りを返してもらうこともあるかもしれないが、これで苦しめる意思のないことの表れ。

モルテールン家なりの好意の表れである。

無性に機嫌のよくなったペイスは、早速魔法を発動してみせた。

覚悟がなければ使うつもりもなかった、ペイスの切り札の一枚。

「その魔法は？」

「追跡の為に便利な魔法ですよ」

ペイスが使った魔法は鳥を使役して操る魔法だ。

ボンビーノ家に属する魔法使いの十八番ではあるのだが、ペイスは〝何故か〟使える。不思議な話だ。

ペイスが使ってみせることで秘密が漏れかねないのだが、先ほどの見事な覚悟に敬意を表して、ペイスも秘密を一つ明かしたことになる。

鳥使いも、応用範囲が広くいろいろと〝使える〟魔法。

まず、鳥というのもいろいろと種類がある。

目の良いもの、飛ぶのが早いもの、長く飛べるもの。個性や特徴はさまざまだ。

その中でも、嗅覚に優れた鳥というものもある。キツツキの仲間などがそうだ。

或いは、腐肉を漁る種類の鳥には、何キロも離れたところから腐臭を嗅ぎ取る能力を持つものもいる。ハゲタカなどが代表例だろうか。空を飛びながらでも餌の匂いを嗅ぎ取り、まだ体温も残る内から死肉を漁るのがハゲタカだ。その嗅覚はかなり鋭い。

更に魔力で使役され、能力が強化されている部分もある。

魔法使いが魔法を使うとき、使い方はいろいろと研究されるもの。鳥使いの魔法の最近の研究成果は、より多くの魔力で使役することで、鳥の能力が向上するというもの。

伝書バトのように場所を記憶する鳥が複数の場所を覚えることに成功した事例や、ハヤブサのように凄い速さで飛ぶ鳥が、飛ぶ速度とスタミナを向上させた事例など。

王立研究所で行われている魔法研究の成果の一端で判明したことであり、研究所に出資しているモルテールン家もその成果を得ていた。

他家の魔法使いの魔法研究に金を出す奇特な人間だと思われていたのだが、それも全てこういうときの為。いざという時に使える、手札を増やす為だったのだ。

「何か、姫の匂いが分かるものは？」

「それなら、これを」

シンは、そっと布を差し出した。

姫が髪に着けていた赤いリボンである。

シンは知っている。このリボンは、姫が宝物と言っていたものだと。

常日頃、肌身離さず身に着けていて、匂いというなら間違いなくついているだろうことを。

じっと手の中のリボンを見ていたシン。

何がしかの決意を込めて、ペイスに渡した。

「十分ですね。では」

ペイスは、鳥をさっと空に放つ。

人間よりも遥かに鼻のいい動物が、痕跡に残された微かな匂いに反応した。

鳥を使役しているペイスは、鳥が匂いを追い始めたことを伝える。

見失うことはなさそうな大きさの鳥が飛ぶ。

ペイスやシンたちはそのまま、鳥の飛ぶ方向に移動する。

空を飛ぶ鳥を追うのはなかなかに難しいものなのだが、そこは反則技の得意なペイス。【瞬間移動】の魔法を使う。

魔法の大盤振る舞いだ。

しばらく移動したところで、鳥がくるくると円を描き始める。

「あそこがそうです」

ペイスが指し示したのは、一棟の建物。

王都の外れにある、古びた倉庫のような場所である。いかにもといえば、いかにもな場所。

「ここは……」

「何かご存じなのですか、教官」

「ええ。この場所は、ヴォルトゥザラ王国の関係する場所。一層疑惑が確信に近づきましたよ」

ペイスは、先の使節団の際、補佐官として同行した。

補佐である以上、いろいろと関係しそうなことは調べていて、王都内のヴォルトゥザラ王国関連施設もついでに調べていたことがある。

ここら辺一帯が去年あたりから買い占められており、地上げを行っていた商会が、ヴォルトゥザラ王国の一部と非常に親しい関係にあることまで突き止めてあった。

いよいよもって、怪しい。

「あの中に、姫様が居るのは間違いないようですね。鳥がそう言っています。しかも、ご丁寧に武装した集団が百ばかりいるようです」

「……さすがにそう簡単にはいかないか」

「我が国の王都で、随分と好き勝手してくれていますね」

魔法の力もあり、ペイスは姫の居所を確定させた。

間違いなく、目の前の建物の中に居る。

しかし、助け出すには二個小隊規模の武装集団を相手にせねばならないらしい。

シン、マルク、ペイスを入れても三人。

三対百では、どう考えても不利が過ぎる。

形勢判断についてもしっかりと講義を受けてきたシンやマルクは、手の出せない状況が痛いほど理解できた。

「俺が何とか隙を作ってみせます。教官は、一旦援軍を呼んで」

シンは、涙を呑んでいったん下がるべきだと考えた。

しかし、彼は分かっていない。

彼が連れてきたのは、非常識の塊であることを。

「何を悠長な。たかが百人。父様なら一人で片づけます。それには及ばずとも、僕が半分受け持つので、マルクとシンは、もう半分を任せますよ」

「え？」

ペイスは言う。

敵の準備が整っていない状況こそ、奇襲には最適だと。

相手の混乱を利用することができれば、少数で対処することも可能であると。

シンまで混乱しているが、ペイスは更に言う。

「我々の目的は、姫様の救出。仮に大軍を援軍として呼べたとしても、あちらに人質として盾にされては、身動きはどうせ取れなくなります。少人数で何とか不意を突いて助けることになるでしょう。今やるか、あとでやるかの違いなら、機先を制するが吉です」

百人以上の敵の只中。

たった三人で突っ込むと言い始めたお菓子狂い。

「さあ、突撃!!」

言うが早いか。ペイスは、シンやマルクを置き去りにしたまま敵の居る建物の中に飛び込んでいった。

当然、敵もわらわらと出てくるのだが、地形や状況を上手く使い、更には【瞬間移動】や【掘削】や【発火】といった魔法を使いまくって、敵を翻弄《ほんろう》していくペイス。

一騎当千、という言葉が、本当にあり得るのだと理解できた瞬間だろう。

呆けていたマルクはともかく、シンの判断は早かった。

ペイスが大立ち回りで敵をひきつけてくれている今こそ、千載一遇のチャンスであると、姫の居る場所に一直線に向かった。

鳥を肩に乗せて索敵させ、敵に見つからないようにしたまま猛ダッシュだ。

奥まった一室。姫が囚われていると鳥が案内した場所。

流石に見張りが二人ほどいたが、ここは強行突破の一手。

「俺に任せろ!!」

一緒についてきていたマルクが、見張りをひきつける。

何年も剣を鍛えてきたマルクは、ここ最近は体格までよくなっていた。多少であれば、一対二でも対応できると、シンを送り出したのだ。

「シン!!」

囚われていた部屋に駆け込んだところで、シンはシェラ姫を見つける。

姫も、助けに来てくれた相手が誰か、すぐに分かった。何度も助けてと願った相手だった。

「助けに来てやったぞ」

姫は、縛めを解かれたところで、思わず涙を流す。

気丈であるとはいっても、やはり不安も大きかったのだろう。ぽろりぽろり、そしてぽたぽたと、目から滴《したた》るもので姫の服が濡れる。

少女が涙を流す様。

どうしていいか戸惑っていたシンの背中を、〝誰か〟が思いっきり〝蹴飛ばし〟た。

前のめりに数歩よろけたところで、シンは思わず手近なものを抱え込むようにして掴む。

抱え込んだのが姫様であると気づいたのは、じんわりとした人肌のぬくもりが伝わってきたからだ。

戸惑いと初々しさを感じさせる二人。

それを、〝ペイス〟が温かい目で見守っていた。

蹴りぬいた足を戻しながら。

「さあ、さっさと逃げますよ!!」

【瞬間移動】の使い手は、逃げるときこそ輝くのだった。

アイスクリームはタイミング

「くそっ!! なんでこんなにあっさりと企てが潰されるんだ!!」

男は、頭を掻きむしるようにして吠えた。

マハンの短い毛が、更に何本かパラパラと抜け落ちる。

これから。そう、これからだったのだ。

神王国の不手際を糾弾し、姫の件での責任を取らせる。

或いは、ヴォルトゥザラ王国の介入を認めさせ、姫を自分たちで救い出す。

号外
OKASHINA TENSEI
TOブックス
原作：古流望
原作イラスト：珠梨やすゆき
©古流望・TOブックス／おかしな転生製作委員会
OKASHINA
おかしな転生
TENSEI
シリーズ累計（紙＋電子）120万部突破！
テレビ東京・BSテレ東・AT-X ほかにて
TVアニメ絶賛放送中！
テレビ東京 毎週月曜［深夜1時30分～］
BSテレ東 毎週火曜［深夜0時30分～］
AT-X 毎週火曜［夜9時30分～］
（リピート放送 毎週木曜 午前9時30分～／毎週月曜 午後3時30分～）
※放送日時は予告なく変更となる場合がございます。
詳細は公式HPにて↑
ほか全国の放送局でも放送中！
U-NEXT アニメ放題 では最新話が1週間早くみられる！
ほか各種配信サービスでも絶賛配信中！

TO JUNIOR-BUNKO
[絵] kaworu
小学生も
読みやすい
総ルビ仕様!
描き下ろし
4コマ特典
しおり付き!
第4巻
9/1
発売!
TOジュニア文庫
1~3巻好評発売中!
僕のヤギが
盗られたですって!?
お菓子の未来を守るため、
いざ、戦場へ! 天才少年の異世界
スイーツ・ファンタジー第四弾!
DRAMA CD
おかしな転生
ドラマCD ②
1~2巻
好評
発売中!
ドラマCD
AUDIO BOOK
古流 望
TOブックス
Audio
Book
朗読:長谷川玲奈
おかしな
転生
第3巻
1~3巻
好評
配信中!
オーディオブック
STAGE
舞台
おかしな
転生
~アップルパイは笑顔とともに~
8/25
発売!
DVD
おかしな転生くじ
好評開催中!
原作イラスト商品が
期間限定で発売中!
2023年
8/31
まで
https://torebo.jp/lotteries/okashina

NOVEL
第25巻
2023年
秋
発売予定!
原作小説
1~24巻好評発売中!
［イラスト］珠梨やすゆき
※24巻イラスト
COMICS
［漫画］飯田せりこ
［脚本］富沢みどり
第10巻
8/15
発売!
コミックス
1~9巻好評発売中!
SPIN-OFF
おかしな転生
~リコリス・ダイアリー~
第1巻
9/15
発売!
スピンオフ漫画
［漫画］桐井
詳細は公式HPをチェック!
tobooks.jp/sweets/

CAST

コメント

Hitomi Nabatame

生天目仁美　アニエス＝ミル＝モルテールン役

とっても可愛らしいお母さんです。外では色々な事がありますが彼女は家の平和を守っていると思います。ジョゼと一緒に楽しく演じておりますよ。そこらへんも感じてもらえたら嬉しいです。

Yoko Hikasa

日笠陽子　プリオシュ＝サルグレット＝ミル＝レーテシュ役

レーテシュ伯の初登場時は、女性のしたたかさや頭の回転の速さ、力ではない強さや冷静さによる恐ろしさを表現したいなと思いました。シーンによってはつい面白くなってしまう箇所もあったのですが、ディレクションの中で良い塩梅にしてもらえたので、是非楽しみにお待ちいただけたら幸いです。

STAFF

原作：古流 望「おかしな転生」（TOブックス刊）
原作イラスト：珠梨やすゆき
監督：葛谷直行
シリーズ構成・脚本：広田光毅
キャラクターデザイン：宮川知子
美術監督：秋葉みのる（スタジオじゃっく）
撮影監督：五十嵐慎一（スタジオトゥインクル）
色彩設計：古賀遼也（スタジオエル）
編集：三宅圭貴（岡安プロモーション）
音響監督：渡辺 淳
音響効果：今野康之
音響制作：TOブックス
音楽：中村 博
音楽制作：イマジン
OPテーマ：sana（sajou no hana）「Brand new day」
EDテーマ：YuNi「風味絶佳」
アニメーション制作：SynergySP
アニメーション制作協力：スタジオコメット

TVアニメ「おかしな転生」がG123でブラウザゲーム化決定！

只今事前登録受付中！

事前登録はこちら➡

※2023年7月現在

TOブックスNEWS

TO BOOKS NEWS 2023 JULY

2023
7
JULY

※2023年7月現在

ノベル 7/10 発売

おかしな転生 24
アイスクリームはタイミング

著：古流《こりゅう》望《のぞむ》 イラスト：珠梨《しゅり》やすゆき

TVアニメ放送開始!!

© 古流望・TOブックス／おかしな転生製作委員会

2023年7月3日から テレビ東京・BSテレ東・AT−Xほかにて

テレビ東京 7月3日から毎週月曜 深夜1時30分～
BSテレ東 7月4日から毎週火曜 深夜0時30分～
AT−X 7月4日から毎週火曜 夜9時30分～
（リピート放送 毎週木曜 午前9時30分～／毎週月曜 午後3時30分～）
ほか全国の放送局でも随時放送開始! 詳細は公式HPにて。
※放送日時は予告なく変更となる場合がございます。
U-NEXT・アニメ放題でも最速配信決定!
ほか各種配信サービスでも随時配信開始!

STAFF

原作：古流 望「おかしな転生」（TOブックス刊）
原作イラスト：珠梨やすゆき
監督：葛谷直行
シリーズ構成・脚本：広田光毅
キャラクターデザイン：宮川知子
音楽：中村 博
オープニングテーマ：sana（sajou no hana）「Brand new day」
エンディングテーマ：YuNi「風味絶佳」
アニメーション制作：SynergySP
アニメーション制作協力：スタジオコメット

CAST

ペイストリー：村瀬 歩
マルカルロ：藤原夏海
ルミニート：内田真礼
リコリス：本渡 楓
カセロール：土田 大
ジョゼフィーネ：大久保瑠美
シイツ：若林 佑
アニエス：生天目仁美
ペトラ：奥野香耶
スクヮーレ：加藤 渉
レーテシュ伯：日笠陽子

TVアニメ公式サイトはコチラ
okashinatensei-pr.com

TVアニメ「おかしな転生」がG123でブラウザゲーム化決定!
只今事前登録受付中! 事前登録はこちら▶

© 餅月望・TOブックス／ティアムーン帝国物語製作委員会2023

2023年10月より
MBS、TOKYO MX、BS11にて
TVアニメ放送開始!!

STAFF

原作：餅月 望
『ティアムーン帝国物語～断頭台から始まる、姫の転生逆転ストーリー～』（TOブックス刊）
原作イラスト：Gilse
監督：伊部勇志
シリーズ構成：赤尾でこ
キャラクターデザイン：大塚 舞
音楽：藤本コウジ（Sus4 Inc.）
アニメーション制作：SILVER LINK.

CAST

ミーア・ルーナ・ティアムーン：上坂すみれ
アンヌ・リトシュタイン：楠木ともり
ルードヴィッヒ・ヒューイット：梅原裕一郎

TVアニメ公式サイトはコチラ!
tearmoon-pr.com

TVアニメ化決定！

CAST アレン：蒼井翔太

TOブックス7月の刊行予定

ライトノベル	7/10	『クロゥレン家の次男坊 2』 著：島田征一／イラスト：ゆのひと
ライトノベル	7/20	『たくまし令嬢はへこたれない！ 4～妹に聖女の座を奪われたけど、騎士団でメイドとして働いています～』 著：華宮ルキ／イラスト：春が野かおる
ライトノベル	7/20	『特級ギルドへようこそ！ 12～看板娘の愛されエルフはみんなの心を和ませる～』 著：阿井りいあ／イラスト：にもし
コミックス	7/15	『やり直し悪役令嬢は、幼い弟（天使）を溺愛します@COMIC 2』 漫画：馬場彩玖／原作：軽

作小説24巻&ジュニア文庫3巻
ドラマCD2巻
同月発売!
文庫 7/1 発売
おかしな転生 3
最強パティシエ異世界降臨
(TOジュニア文庫)
：古流望《こりゅうのぞむ》 絵：kaworu《かをる》 キャラクター原案：珠梨《しゅり》やすゆき
シリーズ累計
120万部
突破!
(紙+電子)
7/1
発売!
TVアニメ放送記念!
超お買い得な3冊パックが
豪華特典付きで新登場!
※コミックス本体は通常版と同内容です。
おかしな転生
最強パティシエ異世界降臨
スペシャルプライスパック(1〜3巻)
漫画：飯田《いいだ》せりこ 原作：古流望《こりゅうのぞむ》 キャラクター原案：珠梨《しゅり》やすゆき 脚本：富沢《とみざわ》みどり
おかしな転生
おかしな転生
ドラマCD
②
SAMPLE
描き下ろし
DRAMA CD 7/10 発売
ドラマCD 2
GOODS 7/10 発売
スペシャルグッズセット
モブ同然の悪役令嬢は
男装して攻略対象の座を狙う
描き下ろし
GOODS 7/10 発売
ポストカードセット
僕は今すぐ前世の
記憶を捨てたい。
描き下ろし
GOODS 7/20 発売
ポストカードセット
「穏やか貴族の休暇のすすめ。」くじメイト開催!
期間
2023年
6月15日(木)
▼
7月15日(土)
詳細は「穏やか」公式HPをチェック!
tobooks.jp/odayaka/

シリーズ累計
75万部
突破!!
(電子書籍含む)
文庫 7/1発売
最弱テイマーはゴミ拾いの旅を始めました。4
(TOジュニア文庫)
作:ほのぼのる500《ごひゃく》 絵:Tobi《とび》 キャラクター原案:なま

24年
TVアニメ
放送予定!!
詳しくはアニメ公式HPへ
saijakutamer-anime.com/
STAFF
原作:ほのぼのる500「最弱テイマーはゴミ拾いの旅を始めました。」(TOブックス刊)
原作イラスト:なま
総監督:山内重保
監督:堀内直樹
シリーズ構成:高山カツヒコ
キャラクターデザイン:胡峰誠　池田結姫
音楽:夢見クジラ
音楽制作:Lantis
アニメーション制作:STUDIO MASSKET
CAST
アイビー:鈴木愛奈
ソラ:田村睦心
最弱テイマーはゴミ拾いの旅を始めました。
©ほのぼのる500・TOブックス/「最弱テイマー」製作委員会

ノベル 7/10発売
新シリーズ!
コミカライズ企画進行中!
ささやかな幸せを守りたい二人が結束する、年の差・リリカルファンタジー!
五歳で、竜の王弟殿下の花嫁になりました
著:須王《すおう》あや イラスト:AkiZero《あきぜろ》

ノベル 7/20発売
新シリーズ!
コミカライズ企画進行中!
不遇な令嬢が、「悪人公爵」に溺愛される甘々シンデレラストーリー!
顔が見分けられない伯爵令嬢ですが、悪人公爵様に溺愛されています
著:櫻田《さくらだ》りん イラスト:紫藤《しどう》むらさき

原作小説4巻&コミックス1巻
同月発売!
新シリーズ!
ノベル 7/20発売
僕は今すぐ前世の記憶を捨てたい。4
~憧れの田舎は人外魔境でした~
著:星畑旭《ほしはたあさひ》 イラスト:スズキイオリ
コミックス 7/15発売
僕は今すぐ前世の記憶を捨てたい
~憧れの田舎は人外魔境でした~@COMIC
漫画:大島《おおしま》つむぎ 原作:星畑旭《ほしはたあさひ》 キャラクター原案:スズキイオリ

神王国人が姫を探し当てる可能性も勿論考えていたが、その場合は〝最悪の手段〟も用いる準備をしていた。

入念な準備をしていたはずなのだが、何故こうもあっさりと解決されてしまったのか。

信じられない。

そのひと言だろう。

「姫は〝ヴォルトゥザラの異端分子〟がかどわかしていたことが判明したとして、神王国側と落としどころを設けました。両国として表沙汰にすることは得策でないとして〝姫様は体調不良で静養していた〟ということになります。また、実行犯として、コーンウェリスも身柄を拘束されました」

部下の一人が、そう言った。

マハンが〝関与〟していたと疑われたことから、交渉は部下が行ったのだ。

実行犯の逮捕も痛い。

氷結と名高い魔法使いであったが、さあこれからというときにあっさり姫を奪還されるとは思っていなかったらしい。

神王国軍が身柄を押さえようとしたときに暴れたのだが、そこはそれ。神王国の中央軍は魔法使いも居る訳で、最後は身柄を拘束された。

今は、魔法が使えない部屋に閉じ込められて、監禁中である。

魔法使いは、一人でもいれば軍事行動や外交の戦略性が大きく変わるもの。ましてや、有力部族の裏の顔を知る魔法使いなど、機密の塊。

神王国側は、思わぬ棚ぼた的収穫に小躍りしているはずである。あまりの悔しさに、マハンは胃が口から出そうなほどだ。

しかも〝何故か〟、ペイスが捕縛に関わっていたのだが、これは書類にも残らない事項。なかったことになり、手柄は全て中央軍総どり。

カセロールに配慮したといわれているが、真実はモルテールン家の秘密になった。氷結の魔法使いを捕らえたことで。ペイスの嬉々とした顔が目に浮かぶようである。

「しかし、このままだと私は」

「そうですね。ことが露見してしまった以上は〝誰か〟が責任を取らねばなりません」

さんざんに、神王国の責任問題だと騒いでいたのがマハンだ。

しかし、結果を見てみればヴォルトゥザラ側の失態。外交的損失という面で見れば、関係各所のトップが全員激怒しそうなほどの大損害である。

ことここに至って、マハンは無事では済まない。

男は、そのまま責任を取らされる形で大使を解任された。

永久に、復帰することはなくなったのだ。

◇◇◇◇◇

「ふんふん、るるる〜らら〜」

ペイスが鼻歌を響かせる。

「何だ何だ？」

「やっぱ、お菓子か？」

ルミとマルクが、久しぶりにペイスの料理姿を見る。

モルテールン領に居たころであれば珍しくもなかったが、寮に入ってからはめっきり見ることがなくなった姿だ。

今、ペイスが居るのは寄宿士官学校の厨房《ちゅうぼう》。

諸事情から〝寝込んで〟いたシェラ姫に対し、慰めるためのお菓子を作る、ということになっている。

ペイスが、そういう形に決着させたのだ。

自分がお菓子を作りたかったからだとか、他人の金でお菓子作りができるとか、決してそういう話ではない。

あくまで外交的配慮。隣国との不要な諍《いさか》いを避ける、政治的決断というもの。

神王国の外務官たちも、一人で大立ち回りをやらかして、手柄を独り占めしたペイスが言うことを、無視する訳にもいかなかった。

内心忸怩《じくじ》たる思いはあるだろう。

しかし、総じてみれば外務としても実入りはあった訳で、これからの対ヴォルトゥザラ外交はさぞ捗《はかど》ることだろう。

自分には関係ないと鼻歌を歌っているパティシエも居るが、些細なことだ。

「まずは、型を用意して、ナッツをローストしておきます。香りづけの意味もありますが、ここで粗熱《あらねつ》をしっかりとっておくことが大事ですね」

「ふむふむ」

ペイスのお菓子作りは、唐突に始まるもの。

普段はパウンドケーキなどを焼くのに使っている金型を用意して、香ばしく炙られたナッツ類を細かく砕く。

ルミとマルクは、傍でワクワクとしながら待っている。

「さて、まずはチーズと砂糖を混ぜますか」

ボウルに入れた柔らかくフレッシュなチーズを混ぜつつ、砂糖を足していく。

小分けにして加えつつ、砂糖をしっかりと混ぜていき、滑らかになるまで混ぜ続ける。

「ここに香りづけと、ナッツ。そしてオレンジピールも入れます。折角ですから、フルーツやエディブルフラワーも入れますか」

「物凄く綺麗だな」

「そうでしょう？」

「花も入れてるけど、食えるのか？」

「勿論です」

ペイスは、今回のお菓子を華やかにしようとしている。

食べられる花、エディブルフラワーまで使うのだから、趣味の拘《こだわ》りだろうか。

日本であれば食用菊などが有名なのだが、世の中には食べられる花もあるのだと、ペイスはよく知っている。

「ここに、泡立てた生クリームを混ぜて、型に入れ……」

クリームとチーズの相性は、完璧である。

元々どちらも乳製品ということもあり、スイーツの歴史を遡っても、かなり古くからある組み合わせだ。

しっかりと混ぜられたものを金属製の型に流し込んだところで、既に美味しそうである。

「そしてここから……冷やす!!」

ペイスは、型に対して〝魔法〟を使った。

何あろう【凍結】の魔法である。

この魔法を手にしたときのペイスの狂乱ぶりは、幼馴染の二人をして、初めて見たというものだったという。

用意していたものは、あっというまにキンキンに冷えた。

氷点下まで下がった、氷菓である。

「できました」

「お？　なんだなんだ？　これはアイスクリームってやつか？」

「近しいですね。ほぼ正解でしょう」

「へへへ」

お菓子のことが大好きなルミが、アイスクリームに目を奪われる。

いや、正確に言うとルミがアイスクリームと思ったお菓子、だろうか。

「これは、カッサータです。いつも以上に、華やかに仕上げてみました」

ペイスは、お菓子の名前を言う。

これはカッサータだと。

カッサータとは南イタリアはシチリアの伝統菓子である。

各家庭で細かな差異はあるのだが、アーモンドやピスタチオやドライフルーツを使い、ケーキのようにしたアイスだ。

ペイスとしてもこの世界で初めて作ってみたものなのだが、お菓子作りが体に染みついている人間であるから、何の澱《よど》みもなく完成させた。

「美味《うま》そうだな」

ルミが、じゅるりと涎《よだれ》を流す。

見た目的にも華やかで、そして冷たそうである。

訓練の後の火照ったときなどは、きっと旨《うま》い。アイスというものを知っている幼馴染は、早く食いたいという。

「まだ食べてはいけません。これは〝あの二人〟の為のお菓子ですからね」

「あの二人、ねえ」

あの二人、という言葉が意味すること。

幼馴染二人は、阿吽の呼吸で誰のことか理解した。

「うひひ、ペイスもやるじゃねえか。あの二人の背中を押そうってんだろ」

「僕は、お菓子を作っただけですよ。みんなが笑顔になる為の、ね」

学内の厨房には、甘い匂いが充満していた。

◇◇◇◇◇

ある晴れた日のこと。

留学生が体調不良から復帰してしばらく。

いよいよ、シェラ姫が祖国に帰る日がやってきた。

「シン」

「モルテールン教官」

一人、シンは黄昏ていた。

常日頃から孤独を好む性質の青年であったが、ここしばらくはより一層その傾向に拍車がかかっていた。

シェラ姫が、かつての何倍も厳重に警護されるようになって以降、である。

「良いんですか？　お姫様が帰ってしまいますよ？」

「……そうですね」

「拉致事件があった以上、もう二度とこの国にお姫様が来ることはありません。つまり、二度と会えなくなるかもしれないんですよ?」

「分かっています」

公式には体調不良だったことになっている姫の拉致事件。

本当にあったことを知る人間はひと握り。

だからこそ知っている。今日別れてしまえば、きっと二度と会えないだろうと。

二度と神王国に姫が来ることはないし、シンがヴォルトゥザラ王国に行くこともないだろうと。

「だったら、せめてひと言だけでも、声をかけて見送ってあげるべきではありませんか?」

シンは、黙り込んでしまう。

自分がどうすべきか。

彼は、悩んでいたのだ。

自分がどうしたいか。どうすべきか。

もやもやとしたものがずっと心の中に蟠《わだかま》っている。

「シン、これを姫様に渡してきてくれませんか?」

悩み多き青年の、背中を〝蹴り飛ばす〟のは教官の役目。

「これは?」

「カッサータというお菓子です」

「カッサータ?」

「ええ」

ペイスが差し出したのは、甘い香りのする、冷たいお菓子だった。

色鮮やかで、美味しそうで、そして冷たい。

「これは独り言なんですが」

ペイスは、明らかに独り言ではない大きさで話しかける。

「アイスクリームというものは、一旦溶けてしまうと、もう一度凍らせようとしても美味しくないんですよ」

シンは、ペイスの言葉をじっと聞く。

「美味しく食べられるタイミングは、逃がしてはいけません。溶けてしまっては取り返しがつかない。食べ時が分かっているなら、ちゃんと食べてあげるのはお菓子の為。作ってくれた人への礼儀です」

「礼儀……」

「見送りも礼儀の一環だとは思いますが……シン。本当に大事なものは、なくしてしまってからでは守れません。チャンスを逃すような真似は、ずっと後悔しますよ。アイスを溶かしてしまってからでは遅いのです」

バン、とペイスはシンの背中を叩いた。

悩んでいた青年は、覚悟を決める。

◇◇◇◇◇

留学生の見送りは、盛大に行われた。

パーティーも行ったし、校長から挨拶もあった。学生たちからは、何百もの惜しむ声があげられる。

美少女が居なくなってしまう嘆きだ。

最後の一日。

シンは〝思い出の場所〟に来ていた。

きっと、会えると信じて。

「シン」

「シェラ」

護衛に囲まれたシェラ姫が、シンの顔を見て笑顔を見せた。

そして、悲しい顔をした。

「今日で、お別れね」

「そうだな。今日で最後だ」

二人は、じっと見つめ合う。ただただ、無言のまま。

お互い、何かを言おうとして、言葉に詰まる。

言いたいことはいっぱいあるはずなのに、何故か言葉が出てこないのだ。

一緒に訓練して楽しかった。一緒にお喋りしたのが楽しかった。一緒に笑い合えた時間は心地よかった。

お互いに、そう言いたいはずなのに。

一体、どれほどの時間を無言で過ごしただろうか。

「姫様、そろそろお時間が……」

「そう」

ただでさえ忙しい最終日。

護衛が見かねて、終わりを告げた。

本当に、時間がないのだ。

一国の姫としての立場もある。こうして居ることだけでも、大変なことなのだから。

「シェラ」

シンが、去ろうとした姫に声をかける。

そして〝ペイスから預かったもの〟を渡す。

保冷された、俺が、カッサータだ。

「今度は、俺が、お前の所に行くよ」

渡す瞬間。

シンの口から出た言葉。

姫は、もしかしたらその言葉をずっと待っていたのかもしれない。

「待っています。ずっと、ずっと待っていますから」

若い二人の間には、確かな絆が芽生えているのだった。

第三十五.五章

フェアウェルパーティー

寄宿士官学校の校長室。

学校長が仕事を行う部屋であり、時には来賓をもてなすこともある部屋。

寄宿士官学校は貴族子弟の為の学校ということもあり、部屋の内装は大変豪華になっている。

何せ、学生たちの父兄はもれなく貴族であるからだ。時には貴き立場のやんごとなき方々がお忍びで来ることもある場所となれば、それなりの格式というものが求められる。少なくとも、がたつくボロ椅子にさあどうぞなどとは言えまい。

一流の画家の描いた絵画、三百年ものの栗の古木から選りすぐりの部分だけを切り出して作られた書類棚、黒檀の机。黒檀などというものは舶来品でしかあり得ない高級品で、この机一つで屋敷が建てられるほど。床には絨毯《じゅうたん》が敷いてあるのだが、これなどは職人が何年もかけて織った一品ものである。

壁には累代の校長の肖像画が並べられているし、騎士としての甲冑《かっちゅう》も揃えてあった。

豪奢な調度品に囲まれた中、部屋の主は三人の学生を部屋に招いていた。

ルミニート＝アイドリハッパ学生、
マルカルロ＝ドロバ学生、
そして、横並びで立つ平民二人の前にはシン＝ミル＝クルム学生がいる。

「お呼びと伺いまして出頭いたしました、クルム学生です」

三人の中であれば、貴族号を持つシンは一番身分が高い。

代表して校長に敬礼する。

入学時から徹底して教えられる敬礼は、最早反射の域で体に染みついているもの。というより、反射で敬礼ができるようになるまで教えこむというほうが正しい。礼に始まり礼に終わる。騎士道精神とでもいうべき、模範的態度を教える為にも、敬礼は欠かせない。

眉目秀麗な青年は、ごく当たり前に右手を左胸にあてて背筋を伸ばしている。

イケメンがしっかりとした姿勢で立っていると、実に絵になっていた。一つの芸術のようである。

「右に同じく、ドロバ学生出頭いたしました」

「左に同じく、アイドリハッパ学生出頭いたしました」

シンに続けて、一歩後ろに居たルミとマルクも敬礼をする。

この二人も敬礼は慣れたもの。幼い時は礼儀なんてクソくらえと言い出しかねない悪ガキであった二人も、学校で教官から厳しく鍛えられるうちに体が覚えてしまった。

入学してからは暫く、毎日朝から晩まで敬礼の稽古をさせられたものである。不合理というなかれ。悪ガキにしてクソガキの名を恣《ほしいまま》にしていたルミとマルクでさえ、敬礼を体で覚えたころには礼儀作法もマシになっていたというのだから、教育効果が確かなのだ。

二人とも、シンと全く同じ動きで、ビシッと直立不動の姿勢である。

シン、ルミ、マルク。三人ともそれなりに真面目な学生であるが、特にシンとルミニートの二人は成績も優秀。校長室に呼ばれると、さては何かご褒美でもあるのかと良いニュースを期待するぐらいのものだ。

上位卒業者を出した教官というのは、教官としての評価が上がる。更に、首席を含む最上位の卒業生は、例外なく将来ひとかどの人物になっている。宮廷貴族として官僚のトップに上り詰めた者も居れば、大貴族の家内を取り仕切り、陰然たる影響力を持つに至った者も居た。

つまり、教官はできるだけ自分の担当学生の席次を上げたいと考えるし、校長としても将来有望な学生には面識を持っておきたいということ。

成績優秀者にご褒美、というのは、あながち間違ってはいない。

これがマルクだけを呼び出していたなら、ほぼ確実に何かやらかして叱られるコースだったに違いないのだが。

入学早々喧嘩をやらかし、それ以降もルミ関連やモルテールン系統のトラブルに巻き込まれているマルクは、座学を苦手にしていることもあって上位とは言い難い。精々、中の上どまりだろうか。

自分なりに頑張ってはいるが、周りの学生たちが優秀過ぎるということもある。

「三人とも、呼び出してすまなかったね。教官たちにはあとで私からもひと言言っておくので、まずは安心してくれ」

「はい」

三人とも、勉強熱心な学生。学業の時間に呼び出せば、講義も何も受けることなく終わることに不満が出るかもしれない。それでなくとも、近づいてくる卒業を意識して席次を気にしだす学年である。

卒業時の席次は一生付きまとうものであるから、学生は皆必死になって一つでも上に上がろうとするもの。

特にシンなどは首席も狙える成績であり、学業を中断させることを嫌がるかもしれない。

校長は、学生たちが成績で不利にならないよう、担当の教官たちに一言言っておくと伝える。

当然といえば当然の配慮だが、明確な特別扱いであろう。これだけで、校長がこの三人を贔屓《ひいき》していることが分かる。

「ご配慮ありがとうございます」

「うむ。それで、君たちを呼んだのはほかでもない。シェラズド姫が本校に留学されていたことは勿論知っているね？」

校長の問いかけに、三者は当たり前のように頷く。

ヴォルトゥザラ王国からの留学生を、知らないはずもない。というより、知らないという学生が居たら、そいつの目玉と耳は間違いなく機能不全になっている。嫌でも耳に入るし、目につく。

「はい」

「知っています」

「結構結構。この年になると時間の過ぎる速さに驚く訳だが、殿下がこちらに来られて、早ひと月が立とうとしている。意味は分かるかね？」

「はい」

シェラ姫の留学期間は、一カ月。学校で物事を学ぶには短すぎる期間のようにも思えるが、学内に知人を作り、神王国の教育方法について学び、留学の実績を作る期間としては適当な長さ。

あまり長期間だと、ヴォルトゥザラ王国側としても姫を人質にされかねないということから決められた期間だ。

姫が留学している間、ヴォルトゥザラ王国がもしも外交的な決意をして神王国に攻め込んだ場合。シェラズド姫の身柄は、百パーセント外交の道具になる。

逆にいえば、姫が留学している間はヴォルトゥザラ王国としては神王国に手が出しづらくなるということ。

期間が五年十年となれば、その間はずっとヴォルトゥザラ王国として外交手段の一つが封じられる訳だ。これは、ヴォルトゥザラ王国としては大損である。

故に、長すぎない期間で、安心安全の留学をという話であった。

実際には人質にされるどころではない事件も起きたのだが、それはヴォルトゥザラ王国側とごく一部の人間しか知らない。

時の流れの速さを語る校長に、シンなどは同意すること頻《しき》りだ。

シンたちが彼女と交流していた期間はひと月に満たないというのに、その時間の過ぎ去る速さといったら、当人も驚くほどである。

特に〝楽しい時間〟というのは、過ぎ去るのが早いものだ。

そう、本人が意識していないことではあろうが、姫との逢瀬はシンにとって楽しかったのだ。

「姫君の留学期間はひと月ほどだと聞いております」

「そのとおり。もう間もなく殿下が祖国に帰られる訳だが。我が国には、そして本校には、可能な限りいい思い出を持ってもらいたい」

「はい」

校長は外務閥に属する貴族であり、外交が得意分野。

ヴォルトゥザラ王国が専門という訳ではないが、専門外であっても人脈というのは馬鹿にできない。外交を担うものにとっては、諸外国要人とのパイプラインは、財産ともいえるだろう。

そういう意味では、学生に対してそこそこ影響力を持てる、学校の長というポジションは美味しい。

今回、種々の思惑から外国の姫が留学してくるという棚ぼたまであったのだ。

ここでもう一押し、学校経由のパイプを太くしておきたい。

校長は、そう考えている。自分が校長の席を他に譲ってからも使えるコネになるからだ。

「そこで、君たちには殿下を送り出すための最後の思い出。パーティーを主催してほしい」

「パーティー?」

一体なんで呼び出されたのかと不審がっていた三人は、更に不審を深めた。

「お別れ会。フェアウェルパーティーといったところか。殿下がこの学校に来てよかったと思えるような、印象に残るパーティーを頼みたい」

「フェアウェルパーティー、ですか」

「そう。君たちなら、できるでしょう」

「急なお話かと思いますが」

そもそも、もう数日で姫はこの国を去る。

パーティーなどというものは準備も必要なのだから、やろうと決めるならもっと早く決めておくべきだろう。

シンたちが指摘した内容は、校長も正しいと認める。

しかし、言は変わらない。

「そもそも、こうして突発に行うことになったのは、一つ、事情があってね」

「事情？」

「殿下が体調不良でしばらく学業を休まれたのは知っているかな？」

「聞き及んでおります」

うんうんと頷く校長。

彼はヴォルトゥザラ王国内部の事情には踏み込んで知っている訳ではないため、体調不良でしばらく休んでいたという姫の側の言葉を、そのまま受け取っている。

何か胡散臭《うさんくさ》いなという匂いぐらいは嗅いでいたとしても、世の中には好奇心で知って後悔する事柄がたくさんあることもまた知っている。

故に、体調不良だと言われた以上、ツッコミはしない。

公式見解を覆すのは、余程の時だけである。

「学校側としても、やはり最初は様子見の要素が強く、あまり実のあることを詰め込むこともできなかった。その分、留学期間の後半で帳尻を合わせようとしていた訳だが……」

「その期間を休まれた訳ですね」

「うむ、クルム学生は話が早くて助かる。本来であれば、これぞ本校といえるような為になる講義や、意義深い訓練も用意していた。と、担当の教官は言っていた。しかし、体調不良で休まれた為に、本校の一番美味しい所を味わうことなく帰国される訳だ」

「はい」

姫は、一時期身内に攫われている。

助け出したのはほかならぬシンやペイスたちであるが、ことが公になることはない。

攫われていた期間中、当然勉学に励むようなこともできなかった訳で、当初予定していたものとズレができたというのは分からなくもない。

「これでは、殿下の印象としても、本校の印象は薄いものになってしまう。故に、急遽君たちに件のお願いをしている訳だ」

「なるほど」

姫に好印象を持ってもらう為、本来であれば「為になる講義」をするはずだった。しかし、それができなかった。これでは姫の、神王国に対する、そして寄宿士官学校に対する認識が弱くなる。

姫からの評価が低ければ、寄宿士官学校自体の評判も下げかねない。

他人が学校を評価する場合、特にヴォルトゥザラ王国人が自国から評価する場合、姫というフィルターを通して見ることになるのだから、これは拙いのだ。

だから、せめていい印象を最後に残す工作を図りたい。

校長の意図は、明らかだった。

「あなた方は、姫君とは比較的親しいと聞いています」

「はっ、友誼を頂戴していると自負しております」

学内の人間関係は、将来の人間関係にも繋がる。

校長は、職務の一環として、姫の監視をしていた。

そこで、シンやマルクやルミが、仲良くしていた事実も掴んでいる。

「実行委員は任せます。問題があった場合の手助けは行いますので、ぜひやってみてください。かなり急ぎにはなりますが、頼みます」

「謹んで、拝命致します」

三人は、改めて敬礼で応えた。


寄宿士官学校の食堂の隅っこ。

三人の学生が、顔を突き合わせて会話していた。

マルク、ルミ、そしてシン。暫くは朝練以外の講義と訓練を休んでいいと言われているため、人もまばらな食堂で打ち合わせをすることにしたのだ。

マルクとルミの二人であれば、食堂で会話するのは珍しくないのだが、そこにシンが加わっているのはとても珍しい絵面《えづら》である。

「で、どうするよ」

マルクの問いは、いろいろな意味を抱合《ほうごう》していた。

「参加するのは学生有志でいいってことだけどさ。これ、学生全員参加したがるだろ」

「だよなぁ」

「幾ら何でも、全員参加は無理じゃね？」

「だよなぁ」

いろいろと決めねばならないことは多いが、まずもって決めねばならないのはどの程度の規模のパーティーを想定するか。参加者の見込みを確定させること。

パーティーの内容は、立食パーティーで決まりだ。それ以外の社交の準備は、物理的に難しいのだから。今から、参加者の顔ぶれを厳密に決めてやる社交は無理。ならば、人数が多少上下したところで影響のない、フリースタイルにするべきだろう。

肝心なのは、参加者。学校関係者のうち、校長をはじめとするお偉方や、教官たちは参加はマスト。来賓も幾ばくか来るだろうし、ヴォルトゥザラ王国側でも何人か客を呼ぶかもしれない。数は不定だが、それなりに織り込んで準備はできる。だが、学生の参加者が難題なのだ。

そも、ヴォルトゥザラ王国の姫君は、見目麗しく性格は嫋《たお》やか。という評判である。学内で知らない人間は皆無だろう。噂というのは尾鰭《おひれ》がつくものであるが、シェラ姫の噂に関しては背びれまでついていそうである。

トイレに行かない昔のアイドル並みに偶像化されていそうなレベル。

実際は結構我が儘でお転婆なところもあると、三人のうちの一人は知っているのだが、知っていて口を噤んでいれば知らないのと同じ。

大事なのは、本当はどうかではなく、皆がどう思っているかだ。

美人で性格のいいお姫様ともなれば、殆ど男しかいない学内では人気も人気。

握手会でも開催すれば、行列がキロメートル単位で伸びかねない。

そこにきて、最後のお別れ会をするという。

希望する人だけの参加といっても、結局全員参加になるに決まっているのだ。むくつけき野郎どもが、参加しない訳がない。

「どう考えても、人手が足りんな」

シンの言葉に、全員が頷く。

「だよな。俺ら三人だけで全部やろうとしたら、ぶっちゃけ一カ月はかかるだろ」

「そんな時間はないぞ？」

「人手もねえ、時間もねえ、か」

姫の帰国が四日後と決まっていることから、それまでに準備もして告知もして開催もせねばならない。

大規模なパーティーとなれば、準備に一カ月は欲しい所なので、何なら姫様が留学してきた初日からお別れ会の準備を始めるべきだったのだ。

三人で全てを熟す。

いくら優秀な人間であっても、無理なもんは無理である。

「とりあえず、人手に関しては何とかなるんじゃねえか？」

「あん？」

「俺が、女子を集める。姫様とは仲良くなった奴も多いし、協力してくれんだろ」

いいアイデアだと、シンとマルクは頷く。

「なるほど。では、ルミニートに人手の確保は任せるか」

「任せろ」

下手に、パーティーの準備のためだと言って人を集め始めると、それこそ収拾はつくまい。

俺も手伝う、自分も一枚噛ませろ、我こそは姫の騎士、などと誰彼と押しかけ、混乱するに違いないのだ。

秩序だった人手の確保。

かなり難しい課題だろうと思われるのだが、ルミは自分が人手を確保すると請け負った。

彼女には、当てがあるのだ。

寄宿士官学校でも数少ない、女性全員で事に当たる。女性陣に対する人脈というなら、ルミは学内の女子に関して相当に強いコネがあるのだ。一声かければ、元々数も知れている女子全員を集めることは可能。

そもそも神王国においては、パーティーなどの社交の場を整えるのは女性もやるものとされていた。むしろ、女性がメインで準備する。

お茶会などを取り仕切って社交の場を開くのは、貴族の奥方が必ずやることでもある。

寄宿士官学校の女性たちは男勝りな人間も多いのだが、それでも貴族社会に生きてきた女性たちだ。社交の経験の一つや二つはある。場を取り仕切ったり、準備を手伝った経験をしている者も多かろう。

それに、同性だけで準備をするのだと言われ、実際に女性ばかりが集まった準備の場に、俺もやりたい、などと口を挟む男もいまい。

居たとして、女性同士の結託の前に、我を通せる思春期の男は限られる。

女性たちだけできゃっきゃと楽しんでいるところに、俺も交ぜて、などと来る男は白い目で見られるのだ。

ドスの効いた目で女子たちが睨みつければ、馬鹿は退散すること疑いなし。例外は、シンとマルクだけに限られる。

準備に交ぜろと人が押しかけてくるような混乱は避けられるだろう。


そうと決まれば、人手の確保は早いほうがいい。

校長から、準備する人間は学業免除という確約も取っている。

「ってことでさ。手伝ってほしいんだ」

早速とばかりにルミは女子たちに声をかけて回った。

「任せて。私たちで、お姫様を感激させてあげましょう」

声をかけられた女子たちは、快く引き受ける。

他ならぬルミの声かけということもあったし、内容がお別れ会の準備ということもあったし、成績には影響がない、どころかプラスに作用しそうということもあった。

「悪いな。助かるよ」

「良いのよ。私たちこそお礼を言いたいわ」

「そうそう。こういうのって、準備するのも楽しいし」

お祭りとは、準備する時が一番楽しい。

きゃいきゃいと楽しそうにしながら、女性陣は立食パーティーの準備に動き始めた。

場所は、室内の大きな部屋を借り切ることになるとか、テーブルはどこから持ってこようかなど。賑々しく準備に動き回る。

元々隠そうともしていなかったので、何をしているのか気づいた者も多かったが、当初の目論見どおり、女性陣の結束の中に割り込もうとする馬鹿はごく僅かだった。

「さて、人手の目途はとりあえずついたとして」

「ああ。次の問題は……」

「物資だ。補給を疎《おろそ》かにする士官はあり得ない」

シンとマルクは、裏方である。

目立つ会場設営などの内部の準備は女性たちが請け負ってくれることになったのだから、当日までにやる準備のうち、外部折衝の必要なことが二人の役目になる。

「でもよ、正味三日。今日を除くと二日しかないぜ？」

「手配して取り寄せるってのも無理だよな」

「校長が悪《わり》ぃよ。学生に無茶をさせんだから」

立食パーティーなのだから、食事を用意するのは必須事項。

いい思い出を残してもらうのが目的なのだから、できるだけ美味しい食事を用意したいところである。

なんなら、神王国の伝統料理なども取り揃えたいところ。

本当に、できれば一カ月の猶予が欲しかった。

「一応、学内の物資って、具体的には？」

「学内の物資は使用許可が出ている」

「食堂の食材や、備蓄については好きに使えとのことだ」

「お、そりゃいい」

元々ある学内備蓄の放出に関して、許可が出ているとシンは言う。

物資の調達をせずともよいなら楽になると、マルクは喜んだ。

だが、シンは首を横に振る。

「いや、そうも言いきれん」

「どういうことだ？」

「マルク、よく考えろ。備蓄の保存食や酒はともかく、〝食堂の食材〟だぞ」

「……ああ」

マルクは、シンの指摘には思い当たる節があった。

寄宿士官学校は十代前半から十代後半の男子学生が大勢いる場所。食料などというものは、あればあっただけ食いつくすぐらいの育ちざかり、食い盛りの連中が住まう場所だ。

その為、寄宿士官学校の食事は何よりも栄養価と量が優先される。

美味しい芋一つとそこそこの芋二つなら迷わずそこそこの芋を選び、そこそこの芋二つと不味い芋三つがあれば躊躇なく不味い芋のほうを選ぶ。それが、寄宿士官学校の食事なのだ。

戦場では、いざという時に満足な食事を摂れるとは限らない。

むしろ、物資の不足には常に悩まされ、現地調達であったり、現地接収による食糧確保もざら。何千人、何万人もの人間が同じ場所に居ることにもなるため、味だの彩《いろどり》だの鮮度だのは二の次、三の次。

例えば千人の部隊が居たとして、お米が主食だとする。肉体を酷使する以上よく食べるのが兵士だが、一日に四合食べるとしよう。宮沢賢治が玄米四合と味噌と少しの野菜で一日を過ごしていたのだから、目安としてそれぐらいは食うという仮定だ。

米の一合はおよそ百五十グラムだから、四合で六百グラム。これを千人分ならば六百キログラム。〇・六トンである。しかも、一日で。

数千人を動かすとすれば、イメージとしては四トントラック分の食料が毎日必要になるということ。

神王国では麦や豆が主食であるが、それにしたって量が極端に少なくて済むわけでもない。

トラックもない社会であり、物資運搬には馬車などが使われる社会。馬が倒れただの、車軸が折れただの、ぬかるみで車輪が嵌まっただの、雨が降っただの。ちょっとしたことで食料を運べなくなる事例は、戦場ならばよくあること。

軍人は常に食料が不十分な状況に置かれるリスクを背負って戦う。寄宿士官学校の教官たちは、経験で身をもって思い知った人間も多い。自分が戦場で飢えた経験をしていれば、経験談として語るのにも不自由はしない。

故に、食堂でも味を気にせず食うように指導する。

贅沢を覚えて、不味い食事を食えなくなっては戦場でストレスになるし、満足に戦えなくなる。などと、教官たちは考える訳だ。

これも教育の一環、と考えられているのだ。

不味い食事は、そもそも量を最優先として集められた食材による部分も大きい。高級品などは夢のまた夢。ドカンと買いつけて大量に備蓄されるのは、味を度外視した食料という訳だ。

つまり、食堂の材料を好きに使えと言われても、パーティーの為の材料としてはとにかく不向きと思われる。

不味いものを美味しく料理しようと思っても、限界がある。それができるなら、そもそも食堂の食事はもっと美味しくなっているはずだ。

「どうするかなぁ」

「ここはひとつ、俺らにしかできねえ裏技を使うか」

「裏技？」

マルクの顔は、誰かさんによく似た悪戯っ子のニヤついた顔になっていた。

「ペイス……モルテールン教官に頼もう」

困った時のペイス頼み。

シンは、それしかないかと頷くのだった。


部屋の中に、扉をノックする音が響く。

「どうぞ」

ノックの返事は、幼さの残る若い声である。張りのある、よく通る涼やかな声。

部屋の主の許可を受け、扉がガチャリと開く。

「失礼します」

「おや、三人ともどうしました?」

部屋の主は、寄宿士官学校教導役ペイストリー＝ミル＝モルテールン。

当代きっての戦略家にして、武勇の誉れ高き龍殺しと評判の男。龍の守り人にしてモルテールン家次期当主という、錚々たる肩書を持つ人物。

青銀の髪をさらりと流し、整った目鼻立ちは人の目を惹く。

寄宿士官学校においては教導役の任についており、教官に対してものを教えるという立場にある。

当初は多少の反発もあったものだが、伝説に聞く大龍を倒した英雄に対して不満も鎮火。今は、彼からぜひ教えを乞いたいという人間が大勢いる状況である。

当然、与えられた部屋も立派なもの。不定期な使用の為に広さは然程ではないが、立地は申し分ない。校長室からも近く、重要人物たちの居室が居並ぶ一角。

部屋の中も、執務を行うのに何の不自由もなく、それでいてモルテールンらしく質素な内装になっていた。

厳かに部屋に入ってきた学生三人が、校長室でもみせた綺麗な敬礼をする。

「相談したいことがあり、少しお時間を頂きたいのですが、よろしいでしょうか」

「構いませんよ。まあ、そちらに座ってください」

「失礼します」

応接用の椅子に座る三人。

シン、ルミ、マルク。ここ最近は常にセットで語られるようになった、優等生トリオである。

文武に秀でたシン、勉学に秀でたルミ、腕っぷしは二人より上のマルクという、それぞれに優れた人材。卒業後はうちに来ないかという誘いも幾つかあって、なかなかの優良物件と目されている。

モルテールンの紐付きと知って諦めるものも多いのだが、シンまでモルテールンの紐付きという噂が流れているのには、どこかの誰かが意図して流している気もしないでもない。

その三人が、揃っての来訪。

何事かとペイスでも身構えてしまう。

「しかし、よく僕が居る場所が分かりましたね」

「今日は学校に居られると確信しておりましたから、さほど難しくはありません」

「僕が居ると確信？」

「ええ」

ペイスは、神出鬼没な人間。

魔法で国内を好きなだけ移動できる彼は、ちょっと目を離すとどこかに飛んで行ってしまう。

つい今しがた王都に居たかと思えば、次の瞬間にはモルテールン領に居たりする。学内で見かけると良いことがあるという、レアキャラ扱いまでされているとか、いないとか。

今日、寄宿士官学校で雑務を熟していたのは、たまたまだ。いつもは部屋を空にしていることのほうが多い。

にも拘らず、狙いすましたように訪ねてきたことには、少なからず驚きがある。

「実は校長から、ロズモのシェラズド姫が帰国されるにあたって、送別のお祝いをしたいと言われました。ついては我々に、送別会の催しの準備を行うようにとのことです」

「なるほど、フェアウェルパーティーの準備委員会ですか」

「どう考えても、時間が足りません。その上で、ルミとマルクも巻き込んだことには校長の思惑があると思いました」

「ふむ」

シンは、ペイスが学内に居ると思った理由を語る。

今日に限っては、ペイスが学内に居ることは確信できていたという、その理由だ。

結論からいえば、校長がペイスを学内に留めていると確信していたという。なかなか面白い意見であるとペイスも続きを聞きたがった。

寄宿士官学校の校長は、それなりに経験も豊富な老獪な貴族である。

海千山千の腹黒い連中の中で、寄宿士官学校の校長という美味しい職を手にした能力は、半端なものではない。政治力や外交能力の高さ故の、なるべくしてなった職ともいえる。

ましてや、外務貴族はその手の権謀術数に長けている者が多い。

あの手この手で自分たちの利益を確保しようとしている中で、校長の席に座った人間が、並みであるはずがないのだ。

その校長が、直々に動いた今回の一件。

老獪な彼であれば、自分の手駒とも考えているペイスを使わずに放置するはずがない。

この上なく有益なペイスという駒を浮き駒にすることはあり得ないと、シンは断言できた。

しかし、その一方でモルテールン家の御曹司を動かすのも大変だ。

教導役なのだから積極的に動け、などとあからさまに命じるとどうなるか。

ただでさえ、モルテールンの領主代行をし、そちらを優先して構わないという条件があるのに、無理やり仕事を押しつけるのだ。ペイスが報復を考えてもおかしくないし、対価を出せと強請られるに違いないのだ。

何より、ペイスの協力は、無理やりではなく自発的であってほしい。

そのほうが、より良い結果になるからだ。

ペイスが自分から積極的に動いてくれれば、南部全てが丸ごとリソースに早変わりする。最高級のお茶をレーテシュ家から入手したり、珍しい魚や美味しい貝といった魚介類をボンビーノ家から手に入れたりといった風に。

命令であれば、これらを手に入れる対価は学校が用意せねばならない。しかし、ペイスが自発的に動いてくれるのであれば、学校側の出費はペイスに対するものだけで良い。ペイスが立て替えたものを支払うという形にして金銭で贖《あがな》うことも可能だろうし、むしろ金銭だけで片づくのなら楽でいい。優秀な卒業生を何人か寄越せ、などと言われるより、遥かにコスパが良くなる。

校長が、ペイスに対して上から命令した場合と、自発的行動との違いを意識しないはずもなく、できるだけ自発的行動を促そうとするだろうとシンは読んだ。

そこで改めて校長が声をかけた人間を見れば、ルミとマルクを呼んだ理由も見えてくる。

一見すれば、ルミとマルクは適役に思える。最初に学内を案内したのが二人なのだから、最後も任せるというのはおかしな話ではない。

しかし、そもそも最初に案内役を任せたのも校長である。

何かに使えると、最初から考えていたはずなのだ。

何か、即ちペイスを動かす為の準備であったとみるのは邪推《じゃすい》とはいえまい。何のためかといえば、こういう時の為に、案内役という立場を先んじて用意しておいたと見るべき。

ルミとマルクという二人を動かした理由は、ペイスを動かす為。

ならば、二人がペイスに相談を持ちかけることを見越して、ペイスを学内に呼んでいるだろうと考えるのは論理的帰結というもの。

巻き込もうと考えるなら、全く別の用事で呼びつけておくのが正解というもの。

「なるほど、素晴らしい読みです」

ペイスは、シンの読みの深さに感心した。

校長の思惑を見通すまでならば他の人間でもできなくはないだろうが、そこから更にペイスが学内に居る根拠として利用できる人間は少ないはず。

時間も限られる状況で、何かと時短に使える魔法使いのペイスの参加は、最初から見込まれていたはずなのだとシンは言う。

「結論から申し上げます。我々に協力いただきたい。具体的には、物資調達をお願いしたい」

「ほう」

端的に、要望を伝えるシン。

ペイスに頼みたいのは、学内だけでは手配できない諸々の調達。

特に、食材に関してはペイスに頼むのが最善にして唯一の方法だと考える。最悪、学内の備蓄で賄うという手も使えなくはないのだが、その場合は用意できる料理の質がお察しレベルになってしまう。

「予算に関しては、相応のものが学校側から出るのですが、問題はものを運ぶ手段です」

「ふむ」

「パーティーの為に良い食材を集めようとしても、物がなければ意味がない。十日後に入荷するなどと言われてしまえば、無意味でしょう」

「うんうん」

世が世なら、ヘリコプターで空輸などという物資調達の方法もあるのだろうが、この世界にはそんなものはない。

代わりにあるのが、魔法。

モルテールン家の人間が【瞬間移動】できるというのは常識であり、マルクの友人であるシンは、ペイスも【瞬間移動】できることを知っている。知っていて黙っている。

「我々だけでは不足する部分を過不足なく補おうと思えば、モルテールン教官のお力添えは相当に心強い」

「まあ、そうでしょうね」

シンの言葉に、ペイスも頷く。

どういう事情があるにせよ、ものを集めるのにペイスの力が役立つことは自明のこと。

「ルミとマルクが頼めば、モルテールン教官も無下にはしないはずだと考えました」

「……確かに。モルテールンの庇護下にある二人のたっての願いとあれば、それが余程の我が儘でない限りは助けてあげるのもやぶさかではない」

幼馴染二人のお願いならば、ペイスとしても話ぐらいは聞く。そして、聞いたならば無視もしないという確信があるのではないか。シンの言葉には、道理が含まれている。

幼馴染を巻き込むことで自然な形でペイスを巻き込む。

学校にツケを回して物資を買いつけられるというのなら、ペイスとしても美味しい話である。

多少の〝横流し〟は、校長も想定しているはずであり、黙認してくれるのは確実。

そもそもが立食パーティーだ。食材が〝余る〟事態は想定するべきだし、ギリギリを攻めるのも悪手であろう。

それなりにゆとりをもった物資調達を行い、〝余った〟食材は〝関係者〟で引き取るのが筋というもの。

〝関係者〟になれるのは、利権ともいって良い。

そのチャンスを、ペイスが見逃すとも思えないと、校長はペイスを信頼しているのだろう。

実際、他人の財布で好きに食材を買いつけられるという話に、ペイスはかなり心を惹かれる。

寄宿士官学校は中立的組織であるし、その学校の重要イベントの為の準備という大義名分があれば、モルテールン家では動かせないような組織も動かせるだろう。交渉でも、モルテールン家では手が出せない食材を入手できる可能性は高い。

具体的には、モルテールン家と敵対する外務系の貴族の抱える食材だ。外務貴族は軍務貴族と政敵の関係性にあり、軍務系バリバリのペイスが個人的に頼んでいては交渉の余地はかなり狭い。その点、学校の用事というのなら交渉の余地は広い。

領地もちの外務貴族で筆頭はレーテシュ伯辺りだろうが、ここなどはカカオまで入手できるほど優秀な交易網を持つ。

海外産の食材を手に入れるなら、この機会を逃すのは惜しい。

ペイスは、一瞬で職権乱用が何処までできるかのそろばんをはじいた。

そして、自分が動くには十分すぎる〝旨さ〟があると判断する。

「パーティーならば、お菓子と料理は付き物。僕が一肌脱ごうじゃないですか」

ペイスは、シンたちに素晴らしい笑顔で応えた。

「玉ねぎの用意終わりました!!」

「芋の皮むき、まだか」

「おい!!　危ないだろ!!　スープがこぼれたらどうする!!」

「肉が足りねえぞ!!　誰だよ、ここにおいてた肉を勝手に持って行った奴は!!」

厨房は、戦場であった。

寄宿士官学校は戦場で戦う騎士を育てる学校。

さすれば厨房も常在戦場。戦いの何たるかを実践で学ぶ場ではないか。

どこかの誰かが言った冗談が、本気で真実に思えるほど忙しい。

何故かと問うなら、シェラズド姫を見送るフェアウェルパーティーの準備の為だ。

「あっちは大変だね」

「ね」

寄宿士官学校は軍事施設である。創設当初から、いざという時は軍の駐留施設や訓練施設としても使えるように各種の施設が整備されている。

厨房も然り。

何かあれば数万人の人間が一度に食事を行えるよう、厨房の設備は広大を通り越して雄大ともいうべき大きさである。

具体的には第一厨房から第四厨房までがあり、使い勝手の面から壁こそ作られていないが、一つの厨房で一万人分ぐらいの食事を一気に調理できるような設計なのだ。

日頃は、学生たち向けにしか使用されていない為第一厨房だけを使用しているのだが、今日は第三厨房まで使用されている。


第一厨房は、普段と変わらない平常業務。

パーティーとは関係なく、毎日の食事の準備を行っているわけだ。

別にパーティーがあるからといって学生たちが飯を食わない訳ではないし、パーティーに参加しない学生のほうが多いのだから。

常在戦場。毎日が戦いの、地獄の一丁目である。


第二厨房は、パーティーの為の準備に使用中。

ペイスが魔法で運んだ料理人たちが、戦場もかくやという有様《ありさま》で慌ただしく働いている。

あっちの厨房とは、ここのことを指す。

不慣れな厨房に、慣れない人員配置。普段とは違った食材と、いつもと違う導線。混乱が収まる訳もなく、実に騒がしい。

戦場というのなら、ここは激戦の最前線。剣林弾雨《けんりんだんう》のヴァルハラである。

そもそも、学校の評判を上げるために行う突発的な行事。実際は校長たち学校運営上層部の評価を上げる為という意味合いもあるのだろうが、それだけに学校側からの支援は手厚い。

外務系の人脈を活かし、ほうぼうから料理人を借り受けるよう手配りに協力していた。

王都には目ぼしい貴族が屋敷を構えているため、そこに務める料理人というのも屋敷ごとに居る。

これらをパーティーの為だけに借り受け、目下調理をさせているのだ。誰がそんな人集めをしたかといえば、騒動に愛されたトラブルの申し子、ペイスである。

ちなみに、雑多な料理人たちを纏める、臨時の総料理長にはモルテールン家のファリエル氏が就いている。

かつてはレーテシュ伯爵家で料理長を務め、王都でもかなり名前の通った料理人。炎のファリエルとの異名を持つ男性で、調理技術は国内屈指。

また、大貴族の下で働いていたこともあって、部下を動かすのも上手い。

実に巧みに、集まった料理人たちを動かしていた。

彼がいなければ、まともに調理もできなかっただろう。曲がりなりにも調理ができているのは、彼が調理に精通していて、適切に作業を割り振っているからである。

戦場がギリギリ半歩だけ地獄にならずに済んでいる点を見ても、見事な手腕というべきだろう。

「でも、よくあんなに料理人を集められたね」

「ね」

第三厨房で手伝っている女子が、隣の同級生と会話する。

それを聞いていたのか、同じく第三厨房で料理していたペイスが応えた。

「校長が張りきってましたからね。貸しにしてやるなどとふざけたことを抜かしたので、だったら協力しないと言ったのです」

「え？」

ちなみに、何故ペイスが調理場に居るのかといえば、ことは単純。

お菓子作りである。

他人の財布で思う存分お菓子作りができるという絶好の機会を、ペイスが見逃すわけがない。

指揮官は率先垂範《そっせんすいはん》を旨とすべき、などと言い出して、厨房に突撃したのだ。


第三厨房はさながら、革命家によるパルチザン蜂起の混乱である。

「すると、何故か不思議と料理人が湧きました。王都には校長の知り合いも多いですからね」

「脅したんですか？」

料理人を集めたいと言えば、校長に貸しだと言われた。

ならばと交渉すると、貸しではなくなった上に料理人が集まった。

実に不思議な手練手管であるが、ペイスにしてみればこの程度は朝飯前の話。

「脅していませんよ。単に事実を言っただけです。学生たちに準備をさせるのは構わないが、それで僕だけが協力しなければならない道理もない。学生たちが自分たちの力だけでできる程度の、こぢんまりとした身内だけのパーティーで良いのかと聞いただけですよ」

「はあ」

どのような交渉であったのかは黙して語らず。

しかし、学生たちは察する。

きっと校長も大変だったんだろうと。

話の方向性が思わぬ方向に行きそうだったため、ペイスは話を逸らしにかかった。

「さあ、こっちもそろそろです。第一と第二の厨房は放っておいて。我々は我々にできることをしないと」

「はい」

第一は通常業務、第二はパーティー料理の準備。

第三厨房の仕事はお菓子作りである。

立食パーティーにはお菓子も付き物ということで、ペイスは学生たちを手足にして大量のお菓子作りをしている。

あちらで砂糖を溶かして飴を作っているかと思えば、あちらで果物の皮むきを延々こなしている。

ペイスにとっては実に甘い甘い、お菓子だらけの楽園。

傍から見れば、どこも酷いブラック労働だが。

「ふんふん、るるる～」

「ところで、それは何を作ってるんですか？」

「チョコレートです」

ペイスは、学生の質問に笑顔で答えた。

美味しいお菓子の中でも、キングかクイーンかというぐらいの王道。チョコレート。

何故これを作っているかというと、モルテールン家の利益の為だ。

ペイスは、タダ働きが嫌いである。

こき使われるのが好きだという人間も希少だろうが、どういう取引であっても、できる限り自分の利益に繋げようとする強かさを持っている。

今回のフェアウェルパーティーも、助力する以上は利益に繋げたい。

自分の利益か、最低でもモルテールン家にプラスとなるような何かを得る。

それが、チョコレートを振る舞うということに繋がっていた。

チョコレートとモルテールン家を結びつけた上で、チョコレートそのもののブランド価値を上げようという腹だ。

「うん、いい感じです」

目下、国内でカカオを自給できるのは、モルテールンだけである。

ペイスは、カカオマスやカカオバターなどからチョコレートを作ったことも勿論あるが、流石に原料のようなものからチョコレートをこしらえるのは時間が足りない。

今やっているのは、大きな塊のチョコを細かくして湯煎《テンパリング》し、生クリームやバターを入れてチョコレートのクリームを作っている。

「そして、これを」

「これは?」

「オレンジの砂糖漬けです」

ペイスが準備していたのは、薄くスライスされたオレンジ色のもの。オレンジの砂糖漬けである。

柑橘類を砂糖漬けにして乾燥させたものは、砂糖の豊富な地域ではありがちな保存食。

水分を飛ばしただけにそこそこ日持ちがして、味に関しては濃厚な甘みと果物の風味が同時に味わえるのが特徴である。

ヴォルトゥザラ王国に行ったことのあるペイスは、柑橘系の果物を砂糖漬けにした食材が、姫の祖国でも食べられていることを知っていた。

つまり、今回のパーティーの主役にも、多少は馴染みのあるものだろうと思われる。

ヴォルトゥザラ王国のお姫様のフェアウェルパーティーということで、ペイスが工夫した点がそれだ。

「これにチョコレートをかけて」

「うわぁ」

学生は、思わず声をあげる。今すぐ食べたいと思えるほど、美味しそうに見えたからだ。一流のパティシエの調理過程を初めて見たことで、何よりも驚きが勝る。

元々モルテールン家の作っているお菓子は、超がつくくらいの高級品として王都にも流通していた。モルテールンお抱えの御用商人、ナータ商会が、王都にも店を出しているからだ。

モルテールン特産のお菓子は、どれ一つをとっても外れがないと評判。耳ざとい者や流行に敏感な人間は、こぞってナータ商会のお菓子を買う。

特に最近は、チョコレートなるものが広まってきた。これなどは、一度口にしたが最後、行列が王都の外まで続いていようと並び、購入を希望するほどのものという噂である。

チョコレートの魅力に取り憑《と》りつかれたものは数知れない。

ナータ商会はペイスの意向もあって、貴族だから、権力者だからと割り込みを許すようなことはない。たとえ王家であろうと、順番をきちんと守らねば購入する権利すら与えてもらえないのだ。

逆に言えば、きちんとお行儀よく待ちさえすれば、一般庶民でも買えるということ。

これが噂を煽り、王都ではチョコレートはかなり知名度が上がってきている。

ならば、もう一押し。

外国のお姫様まで喜んで食べるお菓子というブランドイメージで、神王国内だけにとどまっていたモルテールン産製菓を広めるきっかけにしたい。

ペイスは、今回のパーティーをチャンスと捉えている。

一生懸命手伝っているのもその為。

お菓子作りを誰憚ることなくできるという、趣味が理由の九割だが。一割は真面目に政務を想ってのことである。

「よし、こんなものでしょう」

出来上がったのは、オランジェット。

砂糖漬けオレンジのチョコレートかけである。

ディップしてチョコでコーティングされた、柑橘のお菓子。

見た目からして華やかさがあり、オレンジ色にチョコレート色が合わさった外観は、実に美味しそうである。

「では、早速」

「あ!!」

ペイスがぱくりと、出来上がったオランジェットを食べる。

「うん、上出来ですね」

うんうん、と頷くペイス。

周りの学生は、うぅと唸るだけ。

ペイスが作ったのだから、味見もペイスがするのは理解できる。

しかし、目の前でこれほど美味しそうなものが出来上がっているのに、自分たちは食べられないとなると不本意さが増す。

「みな、そう慌てなくてもパーティーで食べられますよ」

「そうだった!! パーティーのお菓子だった!!」

学生たちは、ぱっと目の色を変える。

「それじゃあ、パーティー本番も楽しむぞ」

「おお!!」

学生のかけ声に、皆の声が重なった。

「皆さま、本日はわたくしの為にこのような送別の儀を開いて頂き、またご参集頂けましたこと、感謝申し上げます」

シェラズド＝ロズモ＝マフムードが〝頭を下げず〟に感謝の言葉を口にする。

今の彼女は、学生ではない。

ヴォルトゥザラ王国の王女にして、ロズモ一族の公女として、寄宿士官学校の学生たちの前に立っている。

学生であれば、学校のルールに従うもの。身分を問わずに教官のほうが立場が上であり、例え本人がいかような爵位や地位を持っていようとも、学生である限りは教えを乞う側としての節度が求められる。

シェラズド姫も、同じルールが適用されていた。

留学生という立場にあるうちは、他の学生と対等。

だからこそ得られた、貴重な〝経験〟もある。

翻って送別会においては、シェラズド姫は〝主賓〟だ。

つまりは、招かれる側。

招待したのは、名目上は学校側ということになる。

招かれた人間は、ヴォルトゥザラ王国の王女だ。

故に、彼女は公的に外国の要人としての立場で参加することになる訳だ。

一国の姫君が、国の名前を背負って挨拶をする。

軽々しく〝下々〟に頭を下げる訳にはいかないのだ。

凛として華。麗として美。

生まれた時から高貴な身分として振る舞ってきたシェラズド姫の立ち居振る舞いは、皆に注目される中にあっても輝いている。

「振り返れば、いろいろなことを学べたと思っています。この場をお借りして、お世話になりました皆様に、ヴォルトゥザラ王国を代表してお礼申し上げます」

集まった学生は、選抜された者たち。

フェアウェルパーティーの実行委員が、校長からの特命という錦の御旗を掲げて選んだ。独断と偏見で。

自由参加にしてしまえば収拾がつかなくなることは明らかだったので、シェラ姫と仲の良かった女生徒たちを中心として、〝比較的まともな男子〟を集めて立食パーティーをすることと相成った次第である。

この場合、なにをもってまともと判断するかといえば、〝シェラ姫に不埒《ふらち》な目を向けない〟ことだ。

何だそんなこと、と思ってはいけない。

日頃は男しかいない場所で生活し、訓練と勉学の毎日にあって、咲き誇った花。

交流の為に、幾人かの教官の下を転々とした彼女は、完璧な笑顔と愛想を振りまいて過ごしたのだ。

本気で惚れた人間が、百人を超えている。

罪作りな女ではあるが、親善外交的な意味合いも持つ姫が、まさか仏頂面をするわけにもいかず、事情を知っている女生徒たちからは、同情すらされていた。

姫の挨拶が終わり、校長が挨拶の為に皆の前に立った。

こういう時に出しゃばるのがお偉いさんというものだが、このパーティーに関しては学校がスポンサーだ。

挨拶するなという訳にもいかない。

ましてや、学生は皆が軍人教育を受けている身。身じろぎ一つせず、上官、もとい校長の話を傾聴する。

「それでは、姫様が無事に留学期間を終えられることを祝い、また帰路の安全と今後も続く友誼を願い、乾杯!!」

「「乾杯!!」」

校長の音頭に合わせ、皆が乾杯と唱和する。

手に持っているのは、ワインだ。

寄宿士官学校では、飲み水の代わりにワインを飲むこともある。生水は腐りやすく、保存に適さない為だ。保存できる水分として、ワインは重宝する。

勿論、長期熟成に耐えるような上等なワインではないが、かといって酢のように酸化していては意味がない。

そこそこ飲めるワインが、学校内には常に一定量保存されている。

遠征時などには持ち運び、飲み水代わりに使ったり、時には清潔な水の代わりに傷口を洗うのに使ったりもする。

つまり、学生たちは殆どが酒を嗜む。

パーティーの為に用意されたワインは高級品だが、東部産や北部産の良いワインが各種取り揃えてあった。

若者たちは、日頃飲めない高級酒を、ここぞとばかりに確保している。

勿論、主賓を放置するわけでもない。

参加者が順番に挨拶していく。

最初は校長が挨拶をし、教官たちが挨拶をする。

お世話になりましたと姫が言えば、今後ともご研鑽《けんさん》を積まれますようにと教官が返すやり取り。

教官たちの挨拶がひと通り終われば来賓や職員。

大人たちの挨拶が済めば、学生たちの挨拶だ。

学生たちの間も上下関係はしっかりしているのが士官学校というもの。

先《ま》ずは上級生から挨拶をして、順番に下の年次の学生たちが挨拶していく。

そして最後は、ルミとマルクだ。そして、他にも数人の女生徒。

ルミとマルクの二人はパーティーの実行委員ということもあるし、身分が平民であるということもあり、挨拶を最後まで遠慮していたのだ。他の連中は、ルミの付き添いである。マルクがおまけに見えるが。

仲の良い学生を中心に姫を囲い、思い出話に花を咲かせる。

「皆さんと一緒に学べて、とても楽しかったです」

「私たちも、姫様と一緒で楽しかったですよ」

「だな。結構毎日が新鮮だった。面白かった」

ルミを筆頭にした女生徒たちが、きゃいきゃいと燥《はしゃ》ぐ。

手にはお酒。そして、モルテールン教官ご謹製の、オランジェットもある。

モルテールンのお菓子は高級品でいつでも品薄とあって、早々に女性陣が確保したのだ。

男どもは肉でも食ってろと、美味しいお菓子は女性陣で総どり。

実に分かりやすい力関係である。

「姫様、国に帰っても俺たちのことは忘れないでくれよ」

マルクが、挨拶を交わす。

「勿論です。最初に案内してもらったことから今日の日まで。思い出はずっと心に残しておきます」

「そっか」

両手を頭の後ろで組み、ラフな態度のマルク。

そんな夫の脇腹を肘でつついて、もう少ししゃんとしろと小言を飛ばすルミとのじゃれ合いを、
姫は楽しそうに眺める。

この夫婦のやり取りも、もう見られなくなるのだと思えば寂しさもある。

そう、寂しさだ。

大勢と挨拶を交わしたシェラ姫であったが、まだ一人、挨拶をしていない人物がいる。

たった一人、姫にとっては忘れられない人物。

「そういえば姫様もホンドック教官の講義……お？」

マルクが、離れたところにいる〝不審人物〟を発見した。

夫のアイコンタクトに気づいたルミも、マルクの見ている奴が誰か分かった。

まだ挨拶をしていない、不届き至極《しごく》なイケメンである。

「ちょっと、あいつを呼んでくるわ」

わざわざ離れたところに居たものを、無理やりに引っ張ってこられたシンは、顔を顰める。

そして、姫の前まで連行された。

「おい」

「うるせえ。お前、あれだけ一緒に居て、挨拶もせずに姫さんを帰す気か？　馬鹿なのか？」

「お前に馬鹿と言われるのは心外だ」

「だったら挨拶ぐらいしとけって。ほら」

ドン、と背中を押されたことで、姫様の面前に無理矢理立たされたシン。

じっと、無言で立つ。

姫も、何かを言おうとして口を開くのだが、何も言葉が出ないまま口を閉じる。

無言で見つめ合う二人。

いつの間にか、姫はシンと二人きりになっていた。

護衛も素知らぬ顔で斜めを向いていて、半分背中を向けている。護衛の為に完全に背を向けたりはしないが、明らかに〝分かって〟やっていることだ。

おまけに、実行委員たちは他の学生の目から姫を隠している。寄宿士官学校において、女性陣の結束は強いのだ。

実に分かりやすいサポート。日頃の訓練の成果をいかんなく発揮した、半円陣形である。

円の中心の二人きりの世界。

最初に均衡を崩したのは、青年のほうだ。

「帰ってしまうんだな」

シンの呟くような声は、シェラの耳によく響いた。

「楽しい一カ月だったな」

「ええ」

「いろいろあったな」

「ええ」

「国に帰ったら……もう会えないかもしれないな」

「……ええ」

シェラは、じっと無表情でシンを見ている。

ただ言葉少なく、シンの言葉に相槌を打つだけ。

彼女は、必死なのだ。必死に、姫としての仮面を取り繕っている。

「シン、貴方も一緒に……いいえ、何でもありません」

姫が何を言いかけたのか。

お互いに、分かっている。

シンが何もかもを捨てて、一緒にヴォルトゥザラ王国で暮らせたなら、どれほど良いだろうか。

或いは姫が全てを投げうって、ずっとシンの傍で暮らせたら、どれほど楽しいだろうか。

お互いに、分かっている。

立場を全て投げうつことなど、できないと。

姫は姫の立場と責任があり、青年は青年のしがらみと義理がある。

「また、何時か会えるかしら」

「ああ。きっと会えるさ」

希望であった。お互いに、無理だろうと思っていても、望んでしまう。

またいつか、お互いに会えたら。

きっと、今日の日の別れも、笑い話にできるのだろうか。

「それじゃあ、さようならは言わないでおくわ」

「ああ。またな」

姫は、そのままシンや学友たちの傍を離れていった。

彼女の顔は、見たこともないような笑顔であったが、完璧なほど隙のない笑顔だった。

まるで、仮面を外すことを恐れるように。

僅かに、姫の目元に光るものが浮かんでいたが、笑顔のなかでは錯覚にも思える。

シンは、去っていく姫を見送ると、学友たちが置いていったお菓子を摘む。

「……苦いな」

ペイスの用意したのはオランジェット。

砂糖菓子にたっぷりとかけられたチョコレートはとても甘くて。

そして、ほろ苦かった。

◇◇◇◇◇

フェアウェルパーティーが終わってしばらく。

モルテールン領に戻ったペイスは、従士長シイツに相談していた。

「やはり、チョコレートはいけます」

手ごたえがあったと、満足げなペイスの心境は、これでまた一つ夢に近づいた満足感に満ちていた。

「ぜひ、カカオも増産し、チョコレートも増産しなければ」

「どこでやるんですか。そんな土地ありますかい？」

モルテールン領の大番頭として、シイツはペイスのハチャメチャに現実解を突きつける。

「チョコレート村があります。あそこなら、雨量も湿度も気温も、申し分ない」

魔の森を開拓して作った、新しい村。チョコレート村。

名前のセンスが酷すぎる点を除けば、まずまず順調な開拓だという報告がある。

ここで、カカオの増産をしてはどうかと、ペイスは言う。

「そりゃ構いませんが……あそこは魔の森だ。カカオだけを育てさせるわけにゃいかんでしょ」

「何が起きるか分からないところですからね。孤立した場合も考えて食料の増産も要るでしょうし、他にも産業の多様化を目指すべきでしょうが……折角なら、チョコレートも多様化させたいところで」

「考えるところがズレてるでしょうが」

ペイスが考えることは、何時だってお菓子一直線。産業多様化というなら、まずはお菓子も多様化を考えるのだ。

「ウィスキーボンボンとまではいきませんか」

「何すか、そのウイスキーってのは」

「ウィスキーです。とても強い蒸留酒を寝かせたものです」

「へぇ」

蒸留酒を寝かせて新しい酒を造る。

酒好きを自他ともに認めるシイツとしては、とても興味を惹かれる話である。

「蒸留酒。やはりお菓子作りには必要ですかね」

「お酒か。そりゃいい。ぜひやりやしょう」

「上手くいくと良いんですが……さて、どうなることやら」

ペイスの見つめる先には、まだまだ前途多難な未来が待ち受けているのだった。

あとがき

はじめに、この本を手に取ってくださった読者の皆様に感謝申し上げます。

また、本書を制作するにあたってお世話になりました関係者各位に対して、篤く御礼申し上げます。


お陰様をもちまして、本書でおかしな転生は二十四巻目となりました。

思えば遠くへ来たものだと、改めてしみじみ感じます。

最近は、やはり何をおいてもアニメ放送について語らねばと思っていました。

本書が出るころには、アニメ放送も放映開始となっていることでしょう。

このあとがきを書いている時も、その日が早く来ないものかと待ち遠しく感じています。

自分の生み出したキャラクターが、動いて喋る。

舞台の時にも思いましたが、実に感慨深いものが有る訳でして。

自分の子供が手を離れて活躍しているような。親友が大活躍しているところをテレビで見ているような。

なかなか言葉にはし辛い感覚です。

二十四巻では、久しぶりにルミやマルクが登場。そして、シンも活躍してくれる巻になりました。

割と難産ではありましたが、どうでしょう。
楽しんで貰えているなら、作者としては嬉しいです。

これからももっともっと、今まで以上に面白い作品を書きたい。そう思っています。
引き続き、本作品をご愛顧賜りますよう、伏してお願いいたします。

令和五年五月吉日　古流望

巻末おまけ試し読み！

おかしな転生

コミカライズ

第47話

原作：古流 望
漫画：飯田せりこ
キャラクター原案：珠梨やすゆき
脚本：富沢みどり

TREAT OF REINCARNATION

畜生《ちくしょう》があ!!
なんでモルテールンの連中がいやがる!! 聞いてねえぞ
ガッ
チャキッ
ギン

ガガッ
そうだ
モルテールンの息子は
絵を描く魔法が
できると聞いたことがある
あのボロボロの船の偽装も
その息子の仕業か!?
あのガキ
なのか!?

しかもこいつ…
くっ
強い!!
ヒュッ
ちっ
ぎゃあ

あ!!
チッ
あ…あ
冗談じゃねぇ
ここで捕まりゃあ
俺たちの仕事が水の泡だ

ドッ
なんのために海賊なんぞに
身をやつしていたと
思っていやがる
手下の体を
盾《たて》に使うなんて
なんてやつだ
武人の風上にも
おけん!!
おらああ

!!
ドッ
トバイアム!!

ここから
狙い撃ちしてやる
う…ぐっ
ドス
ガッチャン

スゥ…

ドドッ
ドドッ
ビィィィイイン
消えた!?

ニュズッ
ど どこへ
行きやがった
掘削!!

バキッ
わあっ
な!?

ひやあ
ぐっ

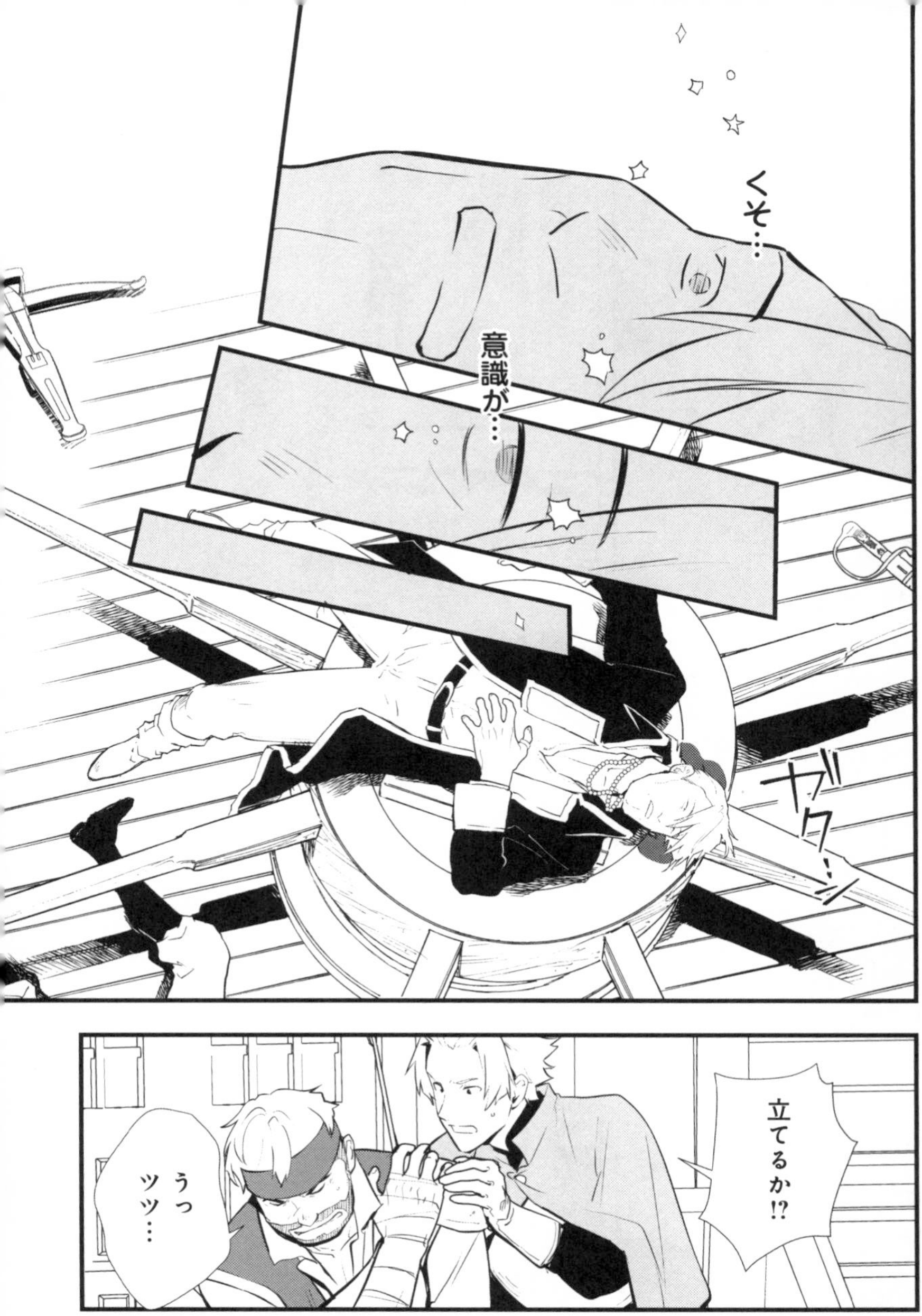
くそ…
意識が…
ガクーン
立てるか!?
うっ
ツッ…

若様!!
ご無事で！
ホッ
この大穴は!?
まさか敵に
魔法使いが
いたのか…!?

いえ これは…
僕の魔法を応用しまして
以前
ストルーデルという悪党から
転写した〝掘削〟の魔法
これ以上使えば
船が沈没しかねない
船上では使わないほうがいいな
なんと……！
こんなことも
できるのか
ワーー
ワーー
うわあぁ
逃げろ
わあああぁ

降伏すれば命は取らない！
賊ども聞こえるか降伏しろ！
そうすれば命までは取らない!!
しばらくすれば海賊船3隻はモルテールン家の面々に鎮圧《ちんあつ》されていた
偽装船による奇襲で一気に得意な戦場に持ち込んだモルテールン側の作戦勝ちである

海賊の討伐と海上交易路の確保は成功したのだった――
さて
ここからが本場ですね
普通 これで終わりって考えませんかね？
頼まれたことは終《しめ》ぇでしょう
何を言っているのです いいことを思いついたと言ったでしょう
これからがおもしろいのですよ
俺を巻き込まねえでいるなら喜んでもいいんですがね
なら残念
シイツを巻き込むのは確定事項です
うげっ

僕はちょっと準備したいことがあるので姿を消しますね
ウランタ殿への報告は任せます
どう言い訳するんで？
僕は海賊との戦いで行方不明になりましたと
無理があるでしょうよ
かまいませんよ
そしてあとの指揮は全面的にウランタ殿が行うようにしてください
彼らもそれがお望みかもしれません
なぜなら…

ボンビーノ子爵家にとって
それこそが今回の作戦の
真の目的だからです
彼らは海賊が溜め込んだ
金銭やお宝を かなり
あてにしていたはず
たぶん
大金を奪われた商船でも
あったのでしょう
あるいは子爵家の運搬船か…
どちらにせよ…

たぶんうちへの払いはそれでする気ですよ
それは何か根拠があるんで？
行動のいくつかに矛盾があるからです
真剣に討伐のみを考えているならば不自然な行動があったでしょう？
例えば船内のスペースに相当な余裕があったこと
たとえ ろくに役に立たない有象無象《うぞうむぞう》でも兵はできるかぎりそろえたかったはずです
わざわざ船室に空きを作る必要などない別に理由があるとしたら…

何かをあとで積む予定だった
海賊討伐後に載せたがる荷物なんて海賊のお宝と相場が決まっています
ニルダさんにも確認を取ったところ…
しばらく前レーテシュ伯領に向かった大きめの商船が襲われていたらしいです
船の中には相当の財宝を積んでたとか
被害は金額にして…レーテシュ金貨5千以上

そりゃあスゲェ!!
それなら たしかに海賊討伐をやりたがっていた理由も納得できるな!
従士たちの年収のおよそ数百倍である
ザワ
ザワ
ウランタ殿には海賊の根城を捜索する指揮を執《と》ってもらいましょう
空っぽの巣《す》を漁《あさ》るようなものですから安全に済ませられるでしょう
そりゃボンビーノの連中喜ぶでしょうよ
それでうちらは そんなおいしい作戦に参加しないってわけで?
にっ

僕らは僕らで一番おいしいところを頂くんですよ
それでは手筈《てはず》を整えてきます
ふわっ
ヒュッ
そう言ってペイスはどこかへ転移した
そして…
シイツさんモルテールン卿はどこに？

さあ
どこに行ったのやら…
とりあえず
行方不明ってことにしておいてくれとのことです
え⁉
あぁ いや
ご心配には及びません
ピンピンしてますよ
何やら野暮用があるそうです
ホッ
そうでしたか…
ああ それと
もうひとつ
ボンビーノ卿に
海賊のアジト捜索と
残党追撃の指揮を執って
もらいたいとの
伝言です
ええ⁉

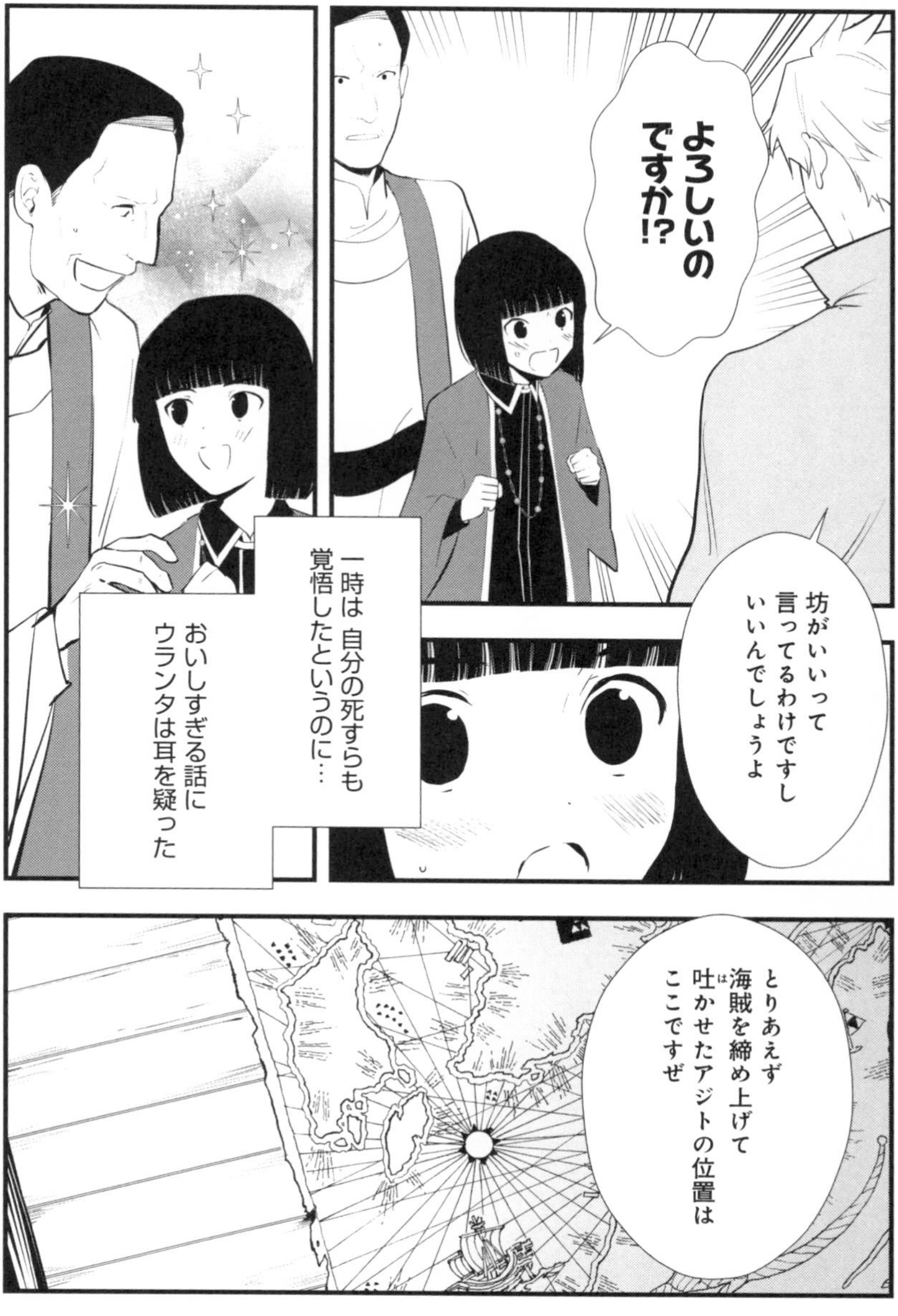
よろしいのですか!?
坊がいいって言ってるわけですしいいんでしょうよ
一時は 自分の死すらも覚悟したというのに…
おいしすぎる話にウランタは耳を疑った
とりあえず海賊を締め上げて吐《は》かせたアジトの位置はここですぜ

近いですね
さっそく向かいますかい？
ちらっ
それがいいと思いますが…
コクリ…
ウランタは名誉挽回《めいよばんかい》のチャンスが来たと奮《ふる》い立った
キッ

海賊の根城を捜索し
残党を討滅します
進路は北に
向けてください！
進路を北に！
その間に
食事もとっておけ！
一路 海賊アジトに向けて
進軍した

海賊のアジトは
岩礁《がんしょう》の多い海域にある
小島に隠れていた

続きは CORONA EX コロナEX TObooks にてお楽しみ下さい!

（第24巻）

おかしな転生XXⅣ
アイスクリームはタイミング

2023年8月1日　第1刷発行

著　者　古流 望

発行者　本田武市

発行所　TOブックス
〒150-0002
東京都渋谷区渋谷三丁目1番1号　PMO渋谷Ⅱ　11階
TEL 0120-933-772（営業フリーダイヤル）
FAX 050-3156-0508

印刷・製本　中央精版印刷株式会社

ISBN978-4-86699-870-1

Printed in Japan